律子の舟

新潟水俣病短編小説集Ⅰ

新村苑子

玄文社

律子の舟

新潟水俣病短編小説集Ⅰ

目次

この地に住む者は耳を傾けよ
このようなことがあなたがたの
　先祖の時代にあったろうか
これをあなたがたの子どもたちに伝え
子どもたちはその子どもたちに
その子どもたちは後の世代に伝えよ
　　　　　　　　ヨエル記

白い水

昭和四十六年九月二十九日。テレビのニュースは新潟水俣病の訴訟判決の結果を伝えていた。原告側が勝ったのだ。

画面には新潟地裁前で喜び合う男達の笑顔が映っていた。知っている顔、顔、顔。彼らの背後にはテントが見えた。

視力の衰えが激しくなっている新一は耳も遠いので、音量を上げたテレビの画面に顔をくっつけるようにして見ていた。

そんな彼の斜め後ろで、ミヨシも無言のまま上体を屈めて一つの顔を探した。画面が地裁前から門を出た通りにまで溢れている男女の喜び合う姿を映しだしている。そこにもいなかった。行ってねんだな、と思ったが言葉にはせず、どうしてあそこまで行くたって容易でねんだろうが、と内心で呟いた。

あいなく新一が濁った目を画面から逸らした。ミヨシはそれを見てテレビのスイッチを切った。二人の沈黙は、夕方、孫の英一が帰宅するまで続いた。

「なして水俣病て言うんだや」

ミヨシはずっと気に掛かっていたので、静枝のいない時を見計らって孫の英一に尋ねた。

あれから六年も経ったのだ。

英一は、ミヨシだけでなく新一にも分かるように説明してくれた。何年も前に九州の熊本県にある水俣湾で捕れた魚が、阿賀野川の魚と同じで、メチル水銀にやられていて、その魚を食べた人達がここらの人達と同じ病気になっていた。その人達を水俣病患者と言ったからそう呼ぶんだろう、と。

「借り物《もん》の名前《なめえ》なんの」

「だからわざわざ新潟を付けて、新潟水俣病としてるねっかね」

名前の由来は分かったが、おらにはどうでもいいことだろも、半分借り物の名前に変わりはねえと、すっきりしなかったことなどを思い出していた。

その日の夕食時にも、家族は同じニュースを聞きながら箸を取っていた。

地裁の建物をバックに、若い男性の肩車に乗った原告団の団長が、満面の笑みを振りまきながら諸手をあげて周囲の男達へ頷いていた。勝利を祝う歓声に応えているその人を、英一は隣りの集落の何という名前の人か知っている。親たちも知っているはずだ。祖父母だって同じだろう。しかし、四人はテレビの画面を無視して、今は食べることだけが大事だと言わんばかりに言葉を挟まなかった。

画面は流れ続けて、地裁の敷地の外にまで溢れた老若男女たちが飛び上がったり互いに抱き合ったりして、勝訴を喜んでいる様子を映し出していた。テレビから流れ出る歓声が茶の間の静寂を一層際立たせていた。一触即発というわけではなかったが、知った男たちの誰彼の破顔につられて、一言はさむ雰囲気ではなかった。ましてや、新崎のじいちゃんは行ってねがったみてだななどと、ミヨシは息子の茂にすら気安く言えなかった。

おら家《うち》はどうあろうと、それはそれとして、まず、良がったの、ぐらいの言葉がなぜ誰からも出てこないのか、英一は歯痒く思うと同時に気詰まりさえ感じていた。

彼はそれから逃れるように、かつて家で飼っていた猫が突然狂ったように外へ飛び出して、道の真ん中でくるくると同じ所で回り続けているのを、学校帰りの子供達が遠巻きに囲んで眺めているところへ来合わせたことなどを思い出していた。ああ、おら家《うち》の猫もとうとう狂ってしもたと思いながらも噂に聞くのと違い、実際に目の当たりにしてしまうと、その衝撃は大きかった。

猫は子供らの囲いから逃れようともせず、まるでバネ仕掛けの玩具のようにリズミカルに回っているので、英一は狙いを付けてひょいと抱き上げようとしたが、猫は英一の腕の間から軽々と逃げてしまった。

一時はあちこちで見聞きされていたらしいが、猫だけでなく、飼い犬や鶏にすら異常が現れ、いや、烏もあちこちで死んでいたという話も聞いた。それも川魚に含まれていた毒のせいだと分かってから、人々は自分たちの食べ残しをやらなくなり、またそこらに小魚を落としておくこともしなくなって、ようやくそんな哀れな姿を見ることもなくなった。

かつてのそんな猫の話さえ出来ない家の雰囲気を、英一は自分こそ風穴を空ける立場だと薄々は感じてはいたのだが、母静枝の鋭い目線で押さえ込まれてしまいそうで逃げていた。

その静枝は判決の結果を知ったときからずっと頭を悩ませ続けていた。しかし、判決が今日出るのは前々から分かっていたことだ。なぜそこへ頭が働かなかったかと悔やまれた。娘佑子の手紙が届いたその時すぐに、先方へ来られるのを一週間早めてもらえないかと、打診させればよかったのだ。

夫の茂もそんな手筈は思い付かなかったのか、する必要はないと考えていたのか、それとも自分と同じようにうっかりしていたのか。どっちにしてもまずいことだ。どうしよう。それだけが仕事をしていても静枝の頭から離れなかった。

その夜、彼女は思いあまったような口調で茂に意見を求めた。

「間が悪いというか、一番避けたいときに大事なお客を迎えるなんて」

「何が間が悪いってか」

そんな聞き方をする茂が恨めしかった。この人はなんにも感じていないのか。むかむかと腹が立ってきた。

「だって判決が出たんだよ。あのニュースは全国に流れてるでしょうが」

佑子は、愛知県の郡部に住む男と結婚することになっている。彼だけでなく両親にしても、今までは他県の出来事と余り関心はなかったかも知れない。しかし、息子の嫁になる娘は新潟県の生まれだ。俄然、遠いこの県に関心は向く筈だ。それが人情だ。

その県では大きな公害問題が裁判にまでもつれ込んで、四年も闘った末に、ようやくその判決が出たとテレビのニュースが大々的に伝えている。

訴訟を起こした人達は阿賀野川の河口に近い所に住む人達が多いとか。あの娘も確かその川の近くで生まれ育ったんじゃなかったか。おい、ちょっと待てよ。確かめてみる必要があるぞ。

結婚相手は兎も角、両親あたりがにわかに粟立って探り始めないとも限らない。静枝の想像は、際限もなく悪い方へ広がるばかりであった。

公害問題に関心がない人達ではないだろう。両親とも教師ならインテリだ。関心はあるはずだ。遠い地方のニュースが、勢い身近な問題として迫ってきたと、危機感を募らせたとしたら。

「考えすぎだ。公害問題に関心を持ってたとすれば、もっと前から知ってた筈だ。それでも息子の結婚に反対しなかったんだ。聞かれたら答えればいいんだ」

「聞かれなかったら黙ってるの？　落ち着かないねえ。いつ話し出されるかと冷や冷やして待ってるなんて。それでも、聞かれて正直に答えて破談にでもなったら、あの子が可哀想だわ」

「どうなるかもわからんことに、今から気ばっか遣《つこ》てるな」

「でもね、知ってたり関心があったりすることと、その問題を引っ被る事は別だもの。誰だって差し障りのある家との縁組みは避けるよ。隣りの律ちゃんの二の舞はごめんだからね。だから地元に置かなかったんだから」

隣家の祖父が劇症型の水俣病患者と認定され、同時に祖母と両親も患者として認定されたのだったが、それがもとで既に縁談が決まっていた、孫娘の律子は一方的に縁談を破棄されたという噂が人々の間で飛び交っている一方で、いや、縁談まで話は進んでいなかったらしいが、とにかく二人は付き合うのを止められたんだそうだなどと、真偽ごちゃ混ぜで人々は喧しく尾鰭を付けて語り合っていた。そんなだからきっと悩み抜いたに違いない、山へ入って自殺してしまったのだ。

一時《いっとき》、近辺は騒然となった。この辺りで山に入って自らの命を絶つ者など、聞いたためしはなかったからだ。年頃の娘を持った家庭ばかりでなく、子供を持つ親たちは、将来、子の就職や結婚に差し障りがあってはならないと、認定の申請を控える人があちこちにいるらしいという噂が、人々の間で秘かに広まっていた。

誰もそれを他人事のように語り、決して自分たちには関わりのない事柄だという振りをした。誰も彼も、疑心暗鬼で腹のさぐり合いが秘かに広まっていた。

家族の中で手足がしびれたり、震える手が反り返って指が曲がり、物が持てなくなった者などいないし、なぜかまっすぐに歩かれなくなった者もいない。川魚はここらの人と同《しょ》じで昔っから食うてはいたろも、量はそれほど多くねがったなどと、聞かれもしないうちから言う者すらいた。世帯主が体調を崩していても、勤め先を馘になるのが恐ろしくて申請を見合わせる。そんな話もちらちらと耳に入ってきていたのだ。

「お前の願《め》い通りになったねっか」

言い募る静枝に茂はそう言った。これ以上の何が不服かと言わんばかりの口調だった。

東京の大学を出て、そのまま就職している娘の佑子が、アルバイト先で知り合った男性と結婚することになった。先方の両親が挨拶かたがた来たいと言うので、両親と相手を伴って、この週末に帰るとの手紙を受け取ったのが半月ほど前だった。出来ればその時、式の日取りも決めたいと、先方の親は言っているそうだから、その辺も二人でよく相談しておいて欲しい。そんな内容だった。

もともと、佑子を東京の大学へ送りだしたのは静枝であった。この土地を離れさせて、水俣病にやられた家の者というレッテルが付けられない所で、幸せになって欲しいと考えたからだ。

彼女の秘かな企みを知っているのは茂だけで、勿論、佑子は知る由もなかったが、静枝の願いは叶った。

婚約した相手は大学を出ると郷里へ戻り地元の企業に勤めているが、彼の妹が結婚することになって、上の兄がまだなのも格好が付かないと親戚たちに急かされ、そんなことで急遽話が進みだしたということであった。

願ってもない話だと家族は喜んだ。とりわけ静枝の安堵は大きかった。そこへ持ってきてこの騒ぎだ。静枝の心は潰れるほど衝撃を受けた。それなのに茂はいたって平静なのだ。

堂々巡りになって、なかなか話が噛み合わない茂と向き合って苛々しているうちに、静枝はふと思い付いた。

「相談なんだけど、お客さんが来られる日だけ、おじいちゃんたちに新崎か本所へ泊まりに行って貰えないかしらねえ」

新崎や本所は新一の弟たちが住んでいる集落の地名である。

「なんでか」

知ってるくせに聞く、と静枝は恨めしく思ったが穏便に、

「当然泊まって貰うわけだし、座敷に寝て貰えば、おじいちゃんが夜中に何度もトイレに立つから、うるさくて寝られないかと思って」

と言ってみた。

舅の新一は手足の震えやしびれだけでなく、視力も衰え、その上、足がもつれてスムースに歩けなくなっているのだ。家の中では壁や戸に伝わりながら歩くのだが、どうかするとばたんと転んだり尻餅を搗《っ》いてしまう。そうなるとミヨシの力では立ち上がらせられない。その音に目を覚ました茂が手を貸すことになる。静枝はそれを指摘して、初めてのお客をびっくりさせてしまうし、眠れないのではと、言ったのだ。

「溲瓶《しびん》を使わせればいいねっか」

「今まで使いたがらなかったのに？」

「たった一晩だ。おれから言う」

頷かない静枝の真意は茂には読めていた。しかし、口にした言葉は静枝に荷を負わせないものであった。

「水俣病を知ってれば、年寄りの姿を見てそうでねえかと思うだろうし、知らんば中気が出たんだろうぐれえに思うろな」

だから、そんなに気を回すなと言うのか。

温厚な茂だから気色張らなかったが、普通なら一蹴される話だと、静枝自身弁えてはいたが、それでも理にかなわない話だと承知しつつ、そこは曲げて茂の才覚で、新一とミヨシを説得して欲しいと内心で願っていた。静枝はこの咄嗟の思い付きを引っ込めたくなかった。

語尾を濁したままの茂に、静枝は身勝手を承知で言い切った。

「今度だけは私の思うようにさせて貰うわ。これでお終いにするから。ここまで来てご破算にはさせられないもの。みんな私一人で考えたことだし、あんたの言うことを聞かなかったということにして。ね？」

いつまで話し合っても埒が明かない。年寄り達を気まずくさせたくない茂のやり方は、理解は出来ても受け入れることは出来ない。何を言われてもいい。佑子さえ無事に縁付いてくれたら。

静枝は内心できっぱりと自らに言った。私は、これよりもっとひどいことを二人に頼み続けてきたのだ。とっくに呆れられてる。でもこれを最後にする。あとはおじいちゃんとおばあちゃんのために精一杯のことをする。

あの時、私はまさに鬼だった。思い出すたびに身が縮むが、我が子のためとはいえ、とんでもないことをしてきたのだ。なんにも見えていなかった。そうだろうか。そうじゃない。分かっていながらやったのだ。おじいちゃんたちの苦しみをわかっていながら。ただただ自分の思いを通すことに夢中だった。それでもこの人もそしておじいちゃんたちも大目に見てくれた。大変なことをした私を許してくれた。あらん限りの善意で尽くさなければ帳尻は合わせられない。

六年前、隣りのおじいちゃんの所へ沼垂診療所の医師《せんせい》が往診に来られたとき、あそこのお母さんが、あんたんとこのじいちゃんたちも診て貰ったらどうかと、言いに来てくれたが、私は二人に相談もせず断ったのだ。外面はやんわりと、しかし、内心では、そんな話は持ってこないでっ。大迷惑だわっ！　とがなり立てていたのだった。一度だって人前でおじいちゃん達の体がどうのと話したことはないのに、人はよく見ているものだと驚いた。

腕が痺れて寝られない、と嘆く新一の腕をさすり続けたミヨシが、翌朝、

「ほんねおらも手に力が入らんてがんに、これでは二人ともぼってしもわや」

などとこぼすと、慌てて仕事の帰りに薬局から痛み止めを買ってきて飲んでもらった。医者に見せれば、眠り薬も出して貰えるのだろうが、薬局ではそれは買えない。目がおっかしげだ、と言われれば目薬を買ってきて注《さ》してもらった。そんなもので二人の体が楽になることはなかったが、我慢してくれたのだ。

新聞で水俣病の記事を見つけると、静枝は舌打ちしながらも読まずにはいられなかった。一見、穏やかに見える集落のあちこちで、この問題は様々な憶測や偏見を生み、人々は用心深く人や場所を選んで囁き合った。

二年後、近辺の患者の何人かが昭和電工を相手取って、裁判を起こすことになったという記事を目にした時、静枝は自らの秘事を暴露されたように総毛立った。裁判、原告、訴訟。そんな馴染みのない文字が、一挙に命と力を持って騒ぎだし、静枝の脳裏を一杯にし

た。

あれは余所のこと。うちには関係のないこと、と呪文を唱えるように自らに言って心を鎮めたものだった。

後日、夫婦が遅くまでやりとりをすることになろうとは知る由もないミヨシは、佑子の手紙が届いたとき、静枝がそれを読んで聞かせると、

「今どきは結婚式場で初めて親たちが顔を合わせるなんて話も聞くろも、丁寧な人達なんのう。そんげな遠け所《とこ》からわざわざ挨拶に来てくれられるとは。佑子は幸せ者《もん》だ」

そう言って、孫娘が縁付く先の親たちをほめた。一途に孫娘の幸せを喜んでくれたのだ。

翌日のテレビでは、勝利を獲得した原告団と弁護団の一行が早速上京して、昭電本社で深夜に及ぶ交渉が行われた様子を伝えていた。

静枝はそれを職場で昼休みに見たとき、どきっとした。出来ればテレビになんて映らないで欲しかった。全国放送で流されたら、先方の親たちの目にも当然入る。心が潰れる思いで、早く消えて！ と画面を睨みつけていた。

その日の夕食の後、舅の新一が早々と床に就かないうちにと、静枝は切り出した。

「おじいちゃんとおばあちゃんに、折り入ってお願いがあるんだけど」

「おやあ。何でえ？」

そう応じたミヨシの口調があまりにも気軽くさっぱりしたものだったので、静枝は一瞬たじろいだが、それに負けてはいられないと思い直した。

「この日曜に、佑子が先方さんを案内して帰って来るろね。向こうの人達に一晩泊まって貰おうと思ってるんだけど。それでね、申し訳ないんだけど、その晩は新崎か本所の厄介になって貰いたいんだけど。おじいちゃんたちのいい方へ頼みに行ってってくるから」

精一杯言葉に気をつけて言ったつもりだったがうまくいかなかった。もっと別な言い方がないものか。自分ながらこれでは駄目だと、返事を聞く前から観念した。それでも翻すわけには行かない。

静枝の意図を素早く汲み取ったミヨシは、その言葉に覆い被せるように言った。

「おらたちが居っと差し障りがあるってけ」

余りにも的を射た姑の言葉に、静枝は返事が出来なかった。少しの沈黙のあと言った。

「申し訳ないことだと重々承知してるわね。それでも、隣りの律ちゃんみたいになっても困るし……。こんな事を頼むのは間違ってるとわかってるけど、あれこれ考えてると夜も寝られないんだよね。今までもおじいちゃんたちには辛い思いをさせてきたし、済まなく思ってるわね。無理な頼みはこれで最後にするから、どうか佑子に免じてお願いします」

気まずい雰囲気の中で、静枝は返事を待った。

「おれはあるがままでいいと思うんだが、聞かねんだがの。じいちゃん聞いてやってくんねけ」

静枝の背後で茂が言った。食事が済むとすぐ外へ出て行ったが、いつ戻って来たのか静枝は気が付かなかった。

「間が悪く、ちょうど裁判が決着して、急にテレビや新聞が騒ぎ出したろうがね。今日もテレビに出てたよね。弁護士たちと昭電の本社で交渉してるとか」

一切口を開かない新一。逆に静枝は、自分たちにはどうでもいいことまで喋っていた。だからどうだってけ、と詰め寄りたい気持ちを抑えながらミヨシは、言うたって決めてかかってるんだがどうなろうば、と半ば諦めていた。しかし、このまま黙って言いなりになる悔しさ情けなさは晴らさねばおさまらなかった。

「ほんね、おめてや手前《てめ》の子ばっか可愛いんだがの。沢山《いっぺ》歩かんねじいちゃんをどうやって連れてくんで。おらだって本所までなんて歩かんねがは、おめが一番《いっち》よう知ってるねっけ。それだてにあっちへ行けこっちへ行けだがの」

その通りだ。返す言葉はなかった。

「……おら、いま気が付いたで。余所ん人《しょ》でのうて、おめがおらたちを一番《いっち》差別してんだがの。じいちゃんを人前に出しとうねえってけ。隠してんだの」

あんげな川魚を食い続けてたすけ、ほれ、みれ、て思うてんだろ。ミヨシは腹の中で付け加えていた。

おめさんはの、町場で育って旨《うん》め魚しか食うたことがねえすけ、川魚なんか泥臭っせ言うて箸も付けんかった。親がそんげだすけ英一も佑子も食わね。昔は肉なんて今みてに豊富にはねがったし、川魚しか食う物《もん》がねがったここらん人《しょ》はみんな日がな食い続けてきた。それでならんでもいい病気になって、手には力がねえなってしもうたし、少《ちっ》と動けば疲れてどうにもならねで、畑は茂に任せた。朝飯前と休みの日にしてくれるすけ食う分はなんとかなるが、田にまでは手が回らねすけ、人に作って貰《もろ》う事にした。やれやれと思《おも》た尻から、あっちへ行けこっちへ行けだ。まっで、おらたちも毒持った魚みてに嫌わって。ほんね情けねわや。こんげな体になってしもて。

早え頃から母ちゃんには、食べなさんな、て何度も言わった。それでも釣りが大《でえ》好きなじいちゃんは畑仕事の合間には毎日《めえんにち》釣りに行って、夏場を除けば生け簀を空にしたことはねがった。金も掛からんし大助かりしてたんだに。ミヨシは溜まっていた愚痴を次々と引っ張り出しても言葉にはしなかった。

差別と言ってる。姑の言葉だ。静枝は改めてこの度の計画がいびつで、二人の気持ちを傷付けてしまったことを認めた。

一度だって二人を差別したことはない。こんな風に思われていたのか、ずっと前から。それとも言葉通りたった今気付いたというのか。自分が言わせたも同然のミヨシの言葉は、臓腑《はらわた》に落ちたまま離れなかった。それでも引っ込めるわけには行かなかった。

私が言わせたのだ。衝撃が大きかったなんて言うまい。

静枝は自分にしかと言い聞かせながら、昨夜の茂の言葉を思い出していた。

「そんげなことばっかやってっと、これから先、一生、ばあちゃん達に頭が上がらねなるんど。英一もいるんだっけな」

佑子は受け身の立場だし、英一は跡取りなんだから隠して嫁取りなんか出来るわけがない。ここが新潟の水俣病裁判を起こした所。それを承知で結婚してもいいと言ってくれる相手を見つけれと言うつもりだ。

そう返した静枝に、茂が言った。

「言い出したら聞かねんだすけ、周《はた》りの者《もん》は大迷惑だ」

何度言われてきたことか。今では言い合いを閉じる合図のようになっている。


当日の昼食後、英一が近所の友達から借りてきた車で、静枝は二人を本所へ送った。佑子はお客と共に、新潟駅からタクシーで夕方近くに到着した。佑子の婿になる男も両親も勿論初対面であった。親たちは茂らより幾分年長に見えた。婿になる男は初めは緊張気味に見えたが挨拶が済むとほっとしたのか、笑顔を見せるようになった。両親も格式張らずに、今どきのことだから、当人達の希望通りの式にしたいと言った。茂達もそれに異存はなく、挙式も二人があらかた決めて置いた式場で十一月三日となった。

そこまで決まればあとは雑談である。夕食の席で、茂はさらっと、老親は生憎、親戚の家へ出向いていて、明日、お帰りまでには戻ると思いますと伝えたが、先方からは水俣病も裁判のことも一切話題に出なかった。静枝の心配は杞憂に終わった。

「こんな辺鄙な所で、静かなことだけが取り柄です。新幹線を乗り継いだりしての長旅でお疲れでしょう。風呂に入ってゆっくり休んでください」

食事の後の雑談で茂がそう言うと、

「ありがとうございますが、実は今日中に帰る予定にしていまして、さっきのタクシーに来て貰うことにしました。また、何かの折りにはお世話になりたいと思います」

先方の父親の意外な言葉に、静枝は思わず言ってしまった。

「ついさっき来られたばかりで、もう帰られるんですか。一晩泊まって貰おうと思っていましたのに」

親たちは休暇を取ってきていないのでとしきりと恐縮していた。その上、佑子もまた一緒に帰るという。

しばらくすると、予め予約しておいたという迎えのタクシーが来て、先方の親子だけでなく、佑子までも帰って行った。

先方の両親と一緒にタクシーに乗り込む佑子を見ていて、静枝は娘が既に向こうの人間になってしまったかのような淋しさを味わっていた。後ろの座席で両親に挟まれて座っている佑子の後ろ姿が霞んだ。込み上げてきた嘆息を喉元で止めた。

あたふたと忙しない半日だった。この日を迎えるための心づもりと段取りで、静枝は眠れないほど考えた夜もあった。過ぎてしまえば、空っぽの家の中に置き去りにされたような気分だった。その淋しさは茂や英一の存在では埋められず、佑子が嬉々として先方の両親と同じ座席に納まって、飛ぶように自分の目の前から去って行ってしまったことに打ちのめされていた。

静枝は式のことや準備など聞いてみたり、話し合ったりしたかったので、台所へ来た佑子にそれを言うと、

「そうしたいけど今日は帰るわ。辞める前に片付けなければならない仕事が幾つもあって忙しいのよ。ごめんね。お盆に帰って来た時に荷物のことやいろいろ決めておいてよかったわ。式におじいちゃんやおばあちゃんも来られるといいんだけどねえ」

とはぐらかされ、それだけでなく今日会えなくて残念だと言われたことが、この選択をした静枝の心を重くした。

この子のために最もいい方法はこれしかないと考えた末の決断は、当の佑子にすら望まれないものだったのか。

裏目に出てしまったとの思いと、先方の両親の間に挟まれて帰って行った佑子の後ろ姿を、玄関前で見送ったときの寂寥感は、年寄り達に向けた自分への天からの仕返しなのか

と思われた。

静枝には何にもまして心に引っかかっていることがあって、それは式のことでもその準備に関することでもなく、先方の親たちが、ここが新潟水俣病の裁判を起こした土地だということを知っているのか、佑子に確かめたかったのだ。知っていて、それでも縁組みをしてくれたのか。一度でも聞かれたことがあったか。そのあたりをしかと確かめたかったのだ。肝心な事すら確かめられなかった。

後片づけを済ませ、きっとぼんやりしていたのだろう。茂が、

「どうした」と聞いた。

「どうしたって？」

聞き返す声が尖っていた。

「姉ちゃんまで帰ってしもたっけさ」

笑いながらそう言う英一に視線も向けず、

「おじいちゃん達を迎えに行きたくても車は返してしまったしね。明日だね」

と話題を変えて呟いた。

この一件はまたたく間に近所中に知れ渡り、静枝は人々の顰蹙を買うことになった。人は静枝に会えば、佑ちゃんの結婚が決まったそうでと祝いの言葉を述べた。礼を言いながら静枝は相手の中に隠されている言葉を思い、長話は避けた。

佑子達が帰った翌日、英一は朝の早いうちに車を借りてきて、静枝は一緒に年寄りを迎えに行き、先方からの菓子折をそっくり礼に持って行った。

予想以上に気持ちよく帰ってきたミヨシは、静枝が仏壇から下げてきた佑子の土産のどらやきの袋を口で割いて、新一の震える手に持たせ、自分も一つ食べながら、静枝の語る昨夜の話に耳を傾けていた。

そんな二人の様子を眺めていて、殊の外、ミヨシが上機嫌なのは、多分、腹に溜まっていたあれこれを吐き出してきたからだろうと、推察していた。

他人の所で吐き出してきたんじゃない。私が今まで何をしてきたかは親戚中に知れ渡っていることだ。覚悟はしてる。

食べ終わった新一の震える手に、ミヨシはお茶茶碗を持たせ、自分の手も添えて少しずつ飲ませ終わる。そうしながらも絶え間なくだらーっと流れ落ちる涎を、彼の不自由な片手がゆっくりと上がるより早く、タオルで拭いてやっていた。

その様子を眺めながら話していて、自然と横に傾き出す新一の体を、今度は向かいに座っている静枝が立ち上がって受け止め、その場にそっと寝せてやった。

「そんで、おめは今日は仕事に行かねんけ？」

「休みを取ったんだがね。お客が帰ったからといって、出て行くのもねえ。庭の草取りでもするわね」

お客を迎える前に、取り敢えず前庭の方は見場が悪くないようにしておいたが、裏までは手が回らなかったのだ。

「大《てえ》して草も生《お》えてねえわの。たまには体を休めらっしぇ。早うから一杯《いっぺ》気遣うて気疲れしたろうがの」

たった一晩家を空けて思いの丈を吐き出せば、別人のような気遣いを見せる。

「おじいちゃんは昨夜よく眠れたろうかね」

「ああ。おら、父ちゃんに言わって、溲瓶持って行ったんだろも、じいちゃん嫌がらずに使うてくって助かったてば」

茂がそんな気遣いをしていたことは知らなかった。家では使いたがらなかったが、ミヨシに説得されて使う気になったのか。

「この度はおじいちゃんやおばあちゃんに嫌な思いをさせてしまって」

「なにの。用心に越したことはことはねえわの。手前《てめ》の子の事《こん》だんが先の先まで思うて当たり前《めえ》だわの」

行く前は、ほんねお前《め》てや、手前の子のことばっか、と静枝を非難したミヨシだったが、一晩家を空けて、本所のお母さんやおばあちゃんとどんなふうに話したのか、手の裏を返したような口振りだった。

「佑子がね、おじいちゃんやおばあちゃんに会えなくて残念だって言うてたわね」

「おやあ、そうけ。いっつもおらたちが甘め物好きなんを覚《おべ》てて買うてきてくれるんだが」

良い子だの。その言葉は口から出てこなくても静枝には充分汲み取れた。

気をよくしているミヨシの今に賭けて、静枝は昨夜から考え抜いてきた思いを切り出した。

「おじいちゃんやおばあちゃんに今まで医者にも行かないでと頼み続けてきたけど、やっと肩の荷も下りたし、診療所の医者《せんせい》に往診を頼もうと思うんだけどどうだろね。それともタクシーで大学病院へ行った方がいいかね」

横になってはいるが眠ってはいない新一にも静枝の言葉は届いたはずだ。しかし、微動だにせず、ミヨシもまた黙っている。

二人にとって静枝の言葉は余りにも唐突だったのか。気詰まりな空気が走った。一晩泊まりに行けと言うたかと思えば、今度は掌を返したように医者へ行けと言う。またも年寄りを振り回していると取られても仕方がない。静枝はつくづくと、帳尻なんて合わせられないのだと痛感していた。

ミヨシの喉に詰まった唾が行き場を無くして、口の中で戸惑っている様子まで、静枝には読み取れた。

静枝は思っていた。沈黙は見た目はおしなべて一様だが、今この時のそれは老人二人にとって、嵐の後に再び襲った戻り台風に似て言葉も無く、呆然としているようなものか、と。

医者に来て貰《もろ》うと言うてる。ここへ医者を呼ぶと。あんだけ水俣でねえかと言われるがんを嫌《きろ》てた母ちゃんが、自分から医者の往診を頼むと言うてる。今ではよう歩かんねし、目もぼやけて前しか見《め》えねんだし、耳も悪《われ》なってしもたじいちゃんを診たら、医者は何て言うやら。診て貰うがんがおっかね。

罪ほろぼしでもする気だやら、今朝、英一と迎えに来てくったときから声の調子は違うてたろも、昨夜《ゆんべ》、お客が泊まらんで帰《け》って、何か思うところがあったんかや。どうあろうとやっとその気になってくったんだが、おっかねなんて言うまい。やれやれだこて。言いてえ事は沢山《いっぺ》あっろも、ちゃらだこて。

そう決着を付けた一方で、ミヨシの脳裏に、十二年前のあの出来事が蘇っていた。

正月の三日だった。その年はおら家《うち》が年始をする年に当たってて、親戚や茂の仲間人《しょ》が来られて、総勢八人のお膳拵《こしょ》いに、おらと母ちゃんは大忙しした。

後から聞いた話では、その前《めえ》から時々そんげな事はあったげなんだろも、そん時は川の水が白う濁って魚が沢山《こったま》腹を出して流れてきたげなんだ。

誰がめっけたんか知らんろも、いつの間にか土手に人が集まってきて眺めてるうちに、バケツを取りに行ってきてその魚を掬い出したげだ。一人二人と捕り出すと、川向こうでも捕ってる人がいて、はや面白《おもっし》えように捕れたげなんだ。

あっちとこっちで捕っても捕っても、次から次と上《かみ》から流れて来たげだ。あんまし沢山《いっぺ》浮いて、魚が全滅してしもたんでねえかと思うほどだったげだ。

そんでも中にはそんげな魚食うて大丈夫《でえじょうぶ》なんかと首を傾げる人《しょ》もいたげだ。そしたらラジオでさっきは食うなて言うたろも、やっぱ食うてもいいと言い直してたと言う人もいて、そうせばと又捕りだしたげな。そしたらバケツから落ちた魚が生き返ってぴょこんと跳ねたすけ、大丈夫、大丈夫言うて、騒ぎだったげな。

おら所《とこ》は誰も外へ出んかったし、人が騒いでるがんも知らんかったんだが、本所のじいちゃんが来られて初めて知って、その話に盛り上がってるとき、新崎のじいちゃんがその魚を木箱にどっさり持ってきてくって、家に入る前《めえ》に、女衆達《おなごしょ》は忙しがってるだろうからと、気を利かせて生け簀に投げ入れてくった。

それを知った母ちゃんは、

「えっ、入れたんですか！　死んだ魚を入れれば、生きてる魚まで死んでしまうでしょう。毒にやられて死んだ魚でしょっ！」

そう言うて外へすっ飛んでって、生け簀から魚を全部掻い出してしもた。その勢いてやねがったでや。

「昭和電工の毒にやられて流れて来たって、みんな知ってて、それでも捕るって不思議でならないわ。今までも何遍もあったじゃないですか。幾ら大きな鯉でも毒の水を飲んで死んだんだから食べられるわけはないのに。あの生け簀はもう使わないで別に作った方がいいわ」

その晩、年始客が帰ってから母ちゃんがそう言うと、日頃、滅多に母ちゃんの言うことに口は出さんじいちゃんが、

「持ってきてくった新崎の目の前でしんたってよかろが。どうせ食わんねんだば、帰《け》ってからしてもいがったんだ」

と小声で言った。おら、聞いてて胸がすうっとしたでや。

じいちゃんにしてみれば、幾《いっく》ら手前《てめ》の弟《おじ》でも婿養子に出た先で、一人前《めえ》の働きをしてる者《もん》を味噌糞に扱わって、むかっ腹が立ったんろ。

そんだが、母ちゃんもじいちゃんに口答えしんかった。

「そうだったねえ。私、聞いた途端、びっくりしてしまって思わず走り出たんだけど。後で謝りに行って来るわね」

て言うてくれた。

翌朝、母ちゃんが謝りに行ったたろも、機嫌は直して貰わんねかったたて、がっかりして帰《け》ってきたんだが、そんでも盆暮れの付き合いは続いてはいたろも、今までみてにはなってねえし。おらにすれば、それが一番《いっち》心残りだこて。

後々、他の親戚人《しょ》もその話を出すことはねがったろも、母ちゃんを見る目が変わったことは確かだ。

今思えば、じいちゃん達三人は揃うて手が震《ふ》れて、盃だとこぼしてしもうと湯飲みで酒を飲んでた。新崎のじいちゃんは晩酌は前《めえ》からこれにしてるとか言うてた。前の年は新崎だったんだが、そん時も湯飲みでやってたんか。うちのじいちゃんはあんまし飲まんね口だすけ、晩酌なんてしたことがねえんで気が付かんかった。

その様子を苦笑いしながら眺めていた茂に、お前《め》も年を取れば分かる、みてなこと言うてた。茂だけでのうて、おらだって母ちゃんだって、まっさかあの頃、はや、じいちゃんたちが水俣病にやらってたなんて、どうして思おうば。

それから一、二年経って、裁判を起こす話が出てるて、本所のじいちゃんが相談に来て、おらもじいちゃんも初めて知ってたまげた。

体の具合から見れば、おらじいちゃんも本所のじいちゃんもどっこいどっこいなんだろも、本所は認定の申請を出してて仲間に加われと誘わったげなんだ。

「どうでえ。お前がたもこの際医者の診察を受けて仲間に入《へえ》らんけ。新崎は早えうちに名前を書《け》えたげだが」

早う言えば、母ちゃんにうんて言うてくれて頼めと、薦めに来てくれたんだろも、じいちゃんは、

「おらの体よか、孫達に差し障りがねえがんが一番だがな」

て言うたんだ。話はそれで終わったろも、結局、本所は裁判の仲間に入《へ》らんかった。おらたちに遠慮なんてしんたっていいてがんに。新崎ん所《とこ》は年寄りも若手達も認定の申請を出してたと後で知ったんだが。あんげなことがあったもんだすけ、滅多にお茶のみにも来ねなったし、何にも知らんかった。

そんげなこともあったもんだすけ、こん度《たび》の佑子の縁談で先方が来られたとき、おらたちは本所へ寄せて貰《もろ》たんだが、あの魚騒ぎの後、母ちゃんが働きに出始めたんだ。どんげしてめっけたんだか、学校給食のパンも拵《こしょ》てる会社《けえしゃ》の事務の仕事だげな。なにせ、茂と結婚するまでは、二人しておんなじ会社で事務員をしてたんだが、その手の仕事は慣れてんだこて。

おら思うたで。川魚なんか捕ったり貰《もろ》うたりして食わんでもいいように、おかずを買う足しになればと考えたんだろう、て。

じいちゃんはどう思うてたやら知らんろも、母ちゃんは月給を貰《もろ》うと、おらに小遣いをくれるんだがどんげに助かったやら。今でも貰《もろ》てんだが大助かりしてる。なかなか出来ね事《こん》だ。家で遊んでる姑婆に初めっから同じようにしてくれるてがは。その点は出来た女《おなご》だわの。

魚の騒ぎがあってからどのぐれえ経ってたか、テレビや新聞がうるせえくれえ騒ぎ立てた。大学病院の先生方や県庁の人《しょ》たちが、ひっきりなしに魚だけでのうて、川の水や泥まで調べに来てるとかいう噂があった。

人の話では、その前《め》から診療所の医者達《せんせ》がここら辺りを回って、川魚を食うてるかとか言うて聞いてたげなんだ。おらたちは畑にでも行ってるときに来られたんか、一度も聞かったことはねがったろも。

そのあとだったろうか、大学の先生とかいう人が、阿賀野川の有機水銀てがんにやらった魚を食うて、あっちこっちおっかしげになった者《もん》を新潟水俣病患者て発表した。それはおらもじいちゃんもテレビのニュースで見たろも、そん時、はや、大学病院へ入院してた下山の人が患者一号になったげな。まあだ若え人《しょ》だった。

その人《しょ》も、正月に沢山《こったま》腹出して流れてきた魚を食うたんでねえかとか、いや、その前《めえ》から食い続けてたんでねえかなんて、言う人《しょ》もいた。誰も人の噂はするろも、手前のことは口が裂けても言わんかった。おらもそうした。したって、日がな食い続けてきてたんだが、なんで喋られろば。それでねたって、母ちゃんはまっでえ神経を尖らせてて、おらが外で誰かと喋るがんも嫌がってたし。おめんとこは生け簀まであるんだがの、なんて言われそげで。

時たま、おらと母ちゃんはそん事で気まぜ思いをしてた。ほんね、この話になっと、母ちゃんはまっで別人になったんかと思うほど、おらのことも信用がならねで、何度もおんなじ事を言うておらに口止めした。

「お前てや、そんげにおらが信用ならねんだけ」

そう言うて食ってかかったこともあった。

その日も、母ちゃんは機嫌がようねがった。どっちもあんまし喋らんで夕飯の支度をしてたとこへ、部活で遅う帰《け》ってきた佑子が、

「やだよお。みんなが言うんよ。お前《め》っての所《とこ》って猫まで水俣病なんて？　狂って死んだ猫もいたんて？　気持ち悪い。そう言うんよ。うちの猫もそれで死んだなんてとってもじゃないが言わんねかったよお」

と口を尖らせて母ちゃんにぼやいた。

おらと母ちゃんは、さっきまでの気まずさも忘れて、思わず顔を見合わせたこて。おらも母ちゃんも、どう言うて佑子を慰めてやればいいか分からんかった。

あっちでもこっちでも毒水でやらった魚が騒ぎを起こしてるんだと腹立たしく思うたんは、おらも母ちゃんもおんなじだった。

そんだろも佑子にしたって、おらもじいちゃんもその前《めえ》から具合がおっかしげなんは見てたんだが、猫とおんなじとは気付いていねみてだった。

ほんね、猫並な体になってしもて、いずれ猫みてに狂《くる》て死ぬんだろかと思うと恐《おっか》ねで、母ちゃんに隠れて診療所へ行った方がいいんでねえかと思うて、じいちゃんにこっそり言うたら、

「おらたちはじっき居のうなる人間だ。家の中に波風は立てんな」

て言わってしもた。そんでも母ちゃんが買うてくる薬よか効くんでねがと、おらは思うたろも。狂い死んだ猫みてになりとねがったし。そんげなこと思わんばならんなんて、ほんね情けねがったし、母ちゃんに腹が立った。手前の子の事ばっか気にして、おらたちなんてどんげなっても、どうせ年寄りなんだすけ、なんて思うてんだろうかと、一度は腹に収

めたつもりでも、夜、寝らんね時なんて、そればっか考《かんげ》えて、母ちゃんを恨んだもんだった。

そんだが、一番《いっち》こ憎ったらしがんは昭電の毒だこての。

診療所の医者《せんせ》はすぐに来てくれられた。母ちゃんが勤めに出てるすけ、夜なら一番《いっち》ありがてえ、て言うたげなんだ。そうしたらその日のうちに来てくれられた。

医者《せんせ》はじいちゃんの曲がってしもた手の指を、撫でたりさすったりしながら、川魚はどれぐれえ食うたかとか、いつ頃から食うてたかとか、仕事は何をしてたかとか、いろいろ聞きなすった。

じいちゃんはどんげに緊張してたんだか、こくんと頷くがも出来ねがを見て、母ちゃんが代わりに答えてくった。

生け簀を作っておく程の魚好きで、刺身にしたり味噌汁にして食うがが好きだとか、じいちゃんの弟の一人が婿に行った先が漁師だったすけ、魚には不自由しんかったし、じいちゃんも畑仕事の合間に釣りをするがんを楽しみにしてたことまで喋ってた。

母ちゃんが喋り終わると、医者は言わした。

「昭和三十四年の冬に、川の水が真っ白になって魚が死んだことがありましたよね。あれからしばらくしてこの近所の人は何人も私の診療所や大学病院で検査を受けられたんですが、お宅でも行かれましたか」

「いいえ。実は隣りのおじいちゃんの所へ、先生が往診に来てられたのは知っていましたし、その頃からうちのおじいちゃん達も疲れやすくなって、畑仕事も思うように出来なくなってまして、本当は先生に診て貰わなければならなかったんですが…」

そう言うて、自分がおらたちに頭を下げて検査や診察を受けるがを、子供が縁付くまで待ってくれと頼んで、今日まで来てしまったのだと言うた。弁の立つ母ちゃんもさすがに言いづらげだった。

「隣りの娘さんの不幸も見てましたので…」

母ちゃんが言うた。

「ああ。お気の毒でしたねえ。私も覚えていますよ」

今日まで引き延ばして、おらたちに申し訳ねと思うてると言う母ちゃんの気持ちを汲んでくれられて、医者《せんせ》はそう言いなした。町場の医者てや、在郷者のおらにはまぶし人《しょ》で緊張してしもうんだが、この医者はおらの目《め》には情のある人に見えた。

隣りのじいちゃんとこへ往診に来てくれられた頃とちっとも変わってねろも、そんでも白髪がしかも増えたげに見《め》えた。

「立たれますか。少し歩いてみてください」

そう言わって、母ちゃんに手を持たって、じいちゃんはやっとこさ立ち上がっても、一人で立ってらんねで母ちゃんが支えてくった。

「新聞の字も殆ど見《め》えねし、この頃は耳も遠うなって、二人してでっけ声出して喋ってますてばね」

とおらが言うと、

「喋る相手がいて何よりです。いっぱい喋り合ってください」

て言わってしもた。

その後でおらもおんなじことをさせらった。じいちゃんよりはちっとましだったろも、二人して水俣病に間違いねと言わった。

夜寝らんね時はこの薬を飲みなさい、て言われてなんだやら渡された。

おら達が、手が痺れてどうしょうもねえ時とか、耳鳴りが止まんでむしゃくしゃする時に、薬があっと助かるんですろも、て言うたら医者は言わした。

「水俣病が治る薬ってのはないんですよ。特効薬があればいいんですけどね。残念なことに現在はないんです」

参考にと帰られる前に、おらとじいちゃんの髪の毛を持って行かれた。

これで正真正銘の水俣病患者てがんになったようなもんだ。いいんだやら悪《われ》んだやら。

医者が帰《け》ってから、おら母ちゃんに言うたこて。

「おおっぴらになってしもていいんだけ。言わったように申請てがんをしてもいいんだけ」

て。そしたら母ちゃんは言うた。

「やっと肩の荷が下りたわね。長々と買い薬ばっかり飲ませて来て申し訳なかったね。申請の出し方なんか、お父さんと相談しながらするからね」

おら、じいちゃんの分も込めてこっくんと頷いたこて。

律子の舟

「一服つけていけばいいさ」

一日の仕事を終えて詰め所へ戻ったトラックの荷台から、最後に降りた孝造に親方はさり気ない口調で誘った。

彼に従って山井組の看板が掛かっている詰め所へ入ると、そこに思いがけない平松の姿があった。孝造は、

「やあ、久し振りですねえ」

と言いながら、首からタオルを外して頭を下げた。

平松は、孝造の父親が農業のかたわら漁をしていた頃の網元の親方であった。

父親の春男が二年ほど前から、手足が痺れ出し、同時に足の踏ん張りも利かなくなって、網を引き上げたり、繕いをしたりの仕事が出来なくなった。代わりに孝造が舟を出していたが、今年の初めに、川の水が白く濁って大量の魚が浮いて大騒ぎになって以来、川魚専門にやってきた漁師達と同様に漁を止めていた。

舟を降りた男達の中には、顔見知りの山井組の親方を頼った者もいた。どっちも天候まかせの日銭稼ぎであることに変わりはなかったが、実入りは格段の差があるということだった。

「どうして体はきっつえさあ。舟の上の一人親方てわけにはいかんろも、それでも出てれば飯は食われってば」

そんな風に言って、孝造にも仲間になれと勧めてくれる男もいた。妻の奈津江も、近所の主婦達が親父と一緒に土方に出て、いい稼ぎをしているのを羨ましがって、

「父ちゃん、おらたちも土方に出ろうてね。もう舟は駄目だわね。思い切らんかね」

と再三せっついた。孝造にしても百姓一本で生計が立たないのは百も承知だが、この年で力仕事に就くには不安もあったが思い切ったのだ。

実際、働く場はいくらでもあった。昭和三十九年に国体が県内で開催されるために、数年前から道路の整備・拡張、競技場の新設のほか、選手や関係者の宿泊施設の増改築など、建築ラッシュに湧いていた。

ようやく国体が終了して、天皇・皇后両盃を取った喜びに浸る間もなく、市内を襲ったマグニチュード7・7の大地震は、それらの施設や道路、橋などを根こそぎひっくり返した。勿論、民家の被害は言うに及ばなかった。人々はこの未曾有の惨事に肝を潰したが、嘆く間もなく、復旧工事の騒乱の中へ組み込まれた。

近隣の人々は、雨後の竹の子のように生まれたにわか土建屋のトラックに飛び乗って、

早朝から夜遅くまで働いた。働くだけふところにはいる金高は増え、仕事帰りの農家の主婦が、お菜に使う菜まで買ってきたと聞くと、奈津江は有り得ないと内心はあんぐりはしても、自分も自由に出来る小金を持ちたいと、羨ましく思ったものだった。

　舟から降りて以来、平松の親方とは久々の邂逅であった。

　ここで彼に会っても不思議ではない。今の親方は平松とは縁続きの間柄なのだから。

　一服付けて行けばいいさ、と誘っておきながら、山井の親方は出がらし同然の薄い煎茶を一口飲むと、ふらりと出て行ってしまった。

　とりとめのない雑談でもするように、平松の親方は言った。

「律ちゃんは煎餅工場を辞めて、洋裁学校へ行ってんだってのう」

　そうだ、という風に頷いた孝造に、親方は続けた。

「なして、また、辞めたんでえ」

「前《めえ》から洋裁を習いてかったんね。高校を出て、その上、洋裁学校へやってくれとは言わんねすけ、貯金してたんね。自分の金で行きてと言わってね」

「ふーん。律ちゃんは洋裁が好きなんけ」

「そうなんろねえ。ようわからんろも」

疲れ切って帰ってきて、呼び止められて、聞かれたのがこんな事か。孝造は親方の真意が摑めず、どうとでも取れる答え方をして様子を窺った。少しの間を置いて親方が言った。

「実は、言いにくいことなんだけどさ。気悪うしねで聞いて貰《もろ》いてんだがの」

親方の改まった口調に、孝造が顔を向けると、彼は固い表情を見せて言った。

「おめんとこの律ちゃんとおらうちの雄一が付き合うてるがんは知ってたけ」

「そうかね。いやあ、おれは。嬶《かか》はどうだか知らんろも」

孝造は知らないわけではなかったが、うすら惚けてそんな風に言ってみた。まだ親方の腹の内が読めなかったからだ。

「おらも話の分からん男ではねえつもりなんだろも、おらっては爺様《じさま》の親の代《でえ》から川で飯《まんま》食うて来たんだし、倅の代になってもそれは変わらねんだが」

孝造は、親方が何を言い出すのかと彼の手元へ視線を向けて黙っていた。

「お前《め》ん所《とこ》は二夫婦して水俣《みな》病の申請を出したっての？」

えっ、なして知ってんだ？　早耳だな。孝造が驚きを隠して内心で呟いていると、彼は続けて言った。

「お前ん所の母ちゃんがあっちこっちで喋ってるて話だで」

またか。あの馬鹿が！　内心で舌打ちしても顔には出さず、逆に聞き返した。

「お前《め》さん方は出さねんかね」

「ここらん人《しょ》は何人も出したげだが、おらってにはそんげな人は一人もいねすけの」

ふーん。お前さんもその口だかね。孝造は腹の中で苦々しく呟いた。

松浜地区では水俣病になってる者はいないと、口裏を合わせているらしいとの噂は耳にしていたが、当地の者から直接聞いたのは初めてであった。

手前《てめえ》の親が夜も寝らんねぐれえ手足が痺れ、その上、頭痛で買い薬を飲んでも治らないし、痛《や》くて寝《め》らんねとぼやいてたがんを、おらも周りの人も知ってるのを承知で、公然とそんげな者《もん》は一人もいねと言い切ってる。どういう魂胆だ。この度は見送った、と言うなら話は分かるが。

律子が親方の倅と付き合ってる。知ってたかと聞いた後で、水俣病患者の認定を受ける申請の話だ。孝造は親方の言葉を腹の中で反復しながら、二つがどう結び付くのか彼の真意を測りかねていた。

「申請を出すぐれえの体で、よう力仕事が出来んのう」

皮肉か。探りか。確かにそういう話は聞いている。水俣病《みな》になった者《もん》は使うなと、建設

現場では常識になってるんだと。聞きつけた奈津江が、

「どうするね、父ちゃん。おらたち餓だろうかね」

と仕事に出て間もなくの頃、不安げにひそひそ声で言うたことがあった。

「そんげな事言えば、山井組の半分以上が、どっかこっかおっかしげなんで。ここらで人夫を集めらんねこてや。心配《しんぺ》すんな」

そうは言ったものの、孝造に確信があったわけではない。もともと申請を出す時、最後まで渋ったのは彼自身であった。

診療所の医者たちが地区ごとに集会を開いて、水俣病の説明を始めた頃から、一度も出たことはなく、奈津江は進んで出て行って、親たちへの診察を頼んだほどだった。

早速往診に来てくれた医師にすすめられて、親と奈津江はその場で決めたが、孝造は迷ったまま返事を保留したのだった。それでも最後には奈津江にせっつかれて一緒に出したのだが。

「年寄りは歩くがんも容易でねえろも、おれらはまあだこうやって動かれるんだが、医者に言わせれば症状は一緒だすけ、水俣に間違えねえらしね。そのうちにおれらも手足が曲がったり、目がぼやけてテレビもよう見えねなっかと思うとぞっとするさね。」

魚にやらった者《もん》は誰《だっれ》もいねなんて、大嘘こいてっと、とんでもねえ事になんでね。自転車漕いで魚を売りに行ってる女衆達《おなごしょ》にしたって、そのうちに手が曲がるか痺れてハンドルも握らんねなんでね。そうは言えない分を言葉を変えて言ったのだ。

「せめて寝てる時位痺《ぐれ》れんばいいろも、ろくすっぽ寝らんねがんが一番応《いっち》えるがの」

おめさんの親はそう言うたんでね。おらはしっかり聞いてんでね。そのおれに、しらじらしくそんげな者はいねと言い切ってる。この川で代々飯を食うてきた者が、何でそんげな事言われっかと言うなら、それは自由だ。

「あの騒ぎの後、魚が売れんで大困りしたさ。女衆達《おなごしょ》は一日中《いちんち》自転車を漕いで売り歩いてもさっぱり捌けんで、気の毒てやねがったんだが、それもやっと下火になって来てるんだが」

親方は、今年の正月に川の水が白く濁り、大量の魚が腹を出して流れてきたのは、昭和電工が川に流した廃液に、有機水銀が含まれていたのが原因ではないかと、真偽が取りざたされ、その後、公表された時のことを言っていた。

親方は温《ぬる》くなった茶を一口飲んで言った。

「律ちゃんは幾つでえ。二十四け?」

「いや、取って五になったな」

「雄一は六だっけの。学校出たての十八や十九の野郎の付き合いだば、おらも口出しはしねろも、今日明日にでも身を固めてもいい者同士《もん》が付き合うてるとなると、黙ってみてるわけにはいかねんてば。周りでうるそうならんうちにと思うての。律ちゃんはよう知ってるしいい子だが、分かって貰いてんだがの。雄一にはおれから言い渡したすけ。律ちゃんにはお前《め》から頼むさのう」

黙っている孝造に、親方は重ねて言った。

「よっぱらここで舟出してきた者《もん》が、魚から毒が出たと言うて歩かんでもいいろうがの。おらっては困ってるんだわの」

気まずい雰囲気にけりを付けるように、親方が立ち上がった。

言われっぱなしで孝造は、親方と一緒に詰め所を出た。

市道から一段下がった、以前は畑だった所にプレハブで人夫の詰め所を作り、空き地には土方仕事に使う雑多な道具や機具、トラックなどがてんでに置かれてある所で、親方は再度、駄目押しのように言った。

「親がしゃしゃり出んたってと思うかもしんねろも、川魚に毒があったと言わっては、おらっての女衆達《おなごしょ》は商売あがったりだっけの。女衆達にも生活がかかってんだが」

おれには、ああ言うたろも、どうだやら。あの親父の事だ、昔風を吹かせて、倅を押さえこんだんだろ。相当なんだて話だが。

空腹も体の疲れもすっ飛んでいた。詰め所に入る時、首から外して手に持っていたタオルで、歩きながら顔の汗を拭い、思った。仕組まれてたんだな。何が一服か。軽く見られたと取ったが、それ以上は考えたくなかった。

五分も歩けば家に着く。律子には、そのうちに様子を見ながら言うのでは遅すぎるだろう。どう言えばいいんだ。迷いながら、苛立っているのに気付いた。


孝造が作業小屋で泥だらけの長靴をつっかけに履き替えて、裏口から台所へ入ると、はや夕食の支度は済んでいて、家族は彼の帰りを待っていたが、律子の姿だけが見えなかった。

「律はどうした？」

流しで手を洗いながら、孝造は努めて何気ない口調で、誰にともなく聞いた。

「映画を見に行ぐんてね。支度をしてんでねかね」

奈津江の言葉を聞きながら孝造は廊下へ出た。案の定、律子は着替えを済ませて、廊下の突き当たりの壁に掛けてある鏡の前で髪を直していた。

「律、映画に行ぐて、誰と行ぐんだ」

「どうして?」

「誰と行ってもいいろも、平松ん所《とこ》の雄一さんとだば行ぐな」

「なして?」

「いいすけ、行ぐな。わがったな」

小声で言ったはずだったが、奈津江が聞きつけて顔を出した。

「なんだってかね。どうしたってかね」

「何でもねえわや。先に食うてれ」

いずれは奈津江にもびしっと言い渡さねばならないとは思っていたが、急のことでどう話せばいいか迷っていたから、とりあえずそう言って追い払った。

彼の機嫌が良くなさそうな口調から、奈津江がこれ以上は言うまいと台所へ引き返したのを見て、

「飯《まんま》食うてから訳は言うすけ、お前《め》も食え。な」

出かける時は夕食は食べないでゆくのは、孝造も知っていた。しかし、返事をする代わりに、律子は怪訝そうな面持ちを鏡の中で父親に向けていた。

「いいな。行ぐなでのうて、行っては駄目だって事なんだすけな」

「なに言うてるん、父ちゃん。今までそんげな事言うたことねえってに」

孝造は気持ちが収まるまで待ってはいられないと感じた。約束の時間に遅れるとか言って、あっという間に飛び出して行かないとも限らない。それはさせられないのだ。

「律、雄一さんとの付き合いは出来ねことになったんだわや。お前《め》にはあんまし急な話で信じらんねかもしんね。おらも平松の親方から断りを言わって驚《たまげ》いてんだ」

「断りって？　さっぱりわからんわね、父ちゃんの話は。直接、雄一さんに聞いてみる」

律子はそう言って姿見の前から動こうとした。孝造は無言で首を振った。

「駄目だ。言うことを聞け。来い。訳を話すっけ」


新潟水俣病の発生は、穏やかに暮らしていた河口付近の人々にとって、予測も付かなかった諸々の難題と弊害をもたらした。

突然、絶たれた律子と雄一の交際もその一つであった。

父親から事の次第を聞かされて、いいな、見場の悪真似《われ》はすんなよ、と引導を渡されても、律子は内心では、なに言うてるん、父ちゃんて、と全然信じていなかった。一度だって水俣の話なんかしたこともないし、うちのことを聞かれた事もなかったし、会ってて気まずいことなんて今までなかったってに……急にどういうことなん？　と呟いていた。

「律、聞いてんかっ」

律子は、はっとして顔を上げた。父の声がさっきとは変わっているように思えた。

「わがったか、て聞いてんだ。返事せや」

律子は、いつもとは違う苛立っているような父の口調に、小さく分かったとは言ったものの、内心では嘘に決まってる、と秘かに考えていた。

「大体《でえてえ》な、お前《め》がぺらぺらと喋って歩くすけ、こういう事になんだわや」

いつの間にか、年寄り達も箸を置いていた。孝造のいつにないきつい口調に、言い渡されている当の奈津江以上に、春男ときみが表情を堅くしていた。

「おら、べつにぺらぺら喋り歩いたつもりはねえろも」

不服げに奈津江が呟くように言った。

「お前はそのつもりでも、人はそう取らんがな。いい加減にせや」

父ちゃんの怒りに母ちゃんが反論している。いつものことだ。母ちゃんは父ちゃんの不平など気にもしていない。でも、今日は大声で言い返さなかった。私のことだからだ、きっと。少しは反省してるんだろうか。大体、うちは母ちゃんの声が大き《でっけ》いて、父ちゃんは滅多に喋らね。じいちゃんやばあちゃん達より喋らん。その父ちゃんがご飯も食べんで母ちゃんを怒ってる。

ぼおーん、と柱時計が一つ鳴った。七時半だ。律子は父の真後ろに掛かっている柱時計に目をやりたいのを我慢した。何気ない振りをして少し顔を上げると、外は既に暗くなっていた。

一人黙々と食べ続けていた弟の明が、食べ終えて立ち上がり、自分の茶碗や皿を流しに持って行って、そのまま台所から出て行った。

よっこらしょと立ち上がった祖母のきみが、孝造の味噌汁のお椀へ手を伸ばした。その手を遮って、孝造がお椀を持つと箸を浸して一口飲んだ。

「冷めてしもたろげ。あったためてくるがの」

中腰のままできみが言った。

「汁はいいすけ、ごはんを換えてくれね」

頷いて孝造から飯茶碗を受け取ったきみが保温ジャーの方へ行きかけるのを見て、奈津江が立ち上がって、きみから茶碗を受けた。

律子の視野の中で、祖母と母の動きがまるで操り人形のように、軽く緩やかにたゆたっているかに見えた。見ていて知覚されていないのか、思いは他に向いているから、視野に入っている目の前の家族も、人形同然にしか映っていないのか。

だが、そんなことはどうでもよかった。律子の中では、父が母にきつく言う言葉も、それを脇で聞いている祖父母達の無言が、どっちへも荷担しようもない立場であるのもわかっていたが、それすらどうでもよかった。ただ一つ、どうしてだろうの思いだけにとらわれていた。

七時半。きっと待ってると思う。遅れて行った事なんてなかったから、途中で何かあったかと心配してるかも。でも、父ちゃんが言うように、雄一さんも行ってないんだろうか。

本当に水俣が邪魔してんだろうか。今まで雄一さんと水俣の話なんかしたことがなかったけど、本当はしてればよかったんだろうか。うちはじいちゃんが一番《いっち》重症で、ばあちゃんはそれでも少しは畑にも出られる。父ちゃんと母ちゃんは疲れると頭が痛くなる。寝不足が一番悪いからと、あんまり手や足が痺れて寝らんね時は、診療所から貰ってる睡眠薬を飲んで寝る。殆ど毎晩飲むみたいだ。薬を飲み飲み、いつまで働けるやらと不安げに言うてたことがあった。そんげなことを話しておけばいかったんろうか。

でも、雄一さんとこのおじいさんだって、うちのじいちゃんぐらいなんじゃないかな。父ちゃん達がそんげな事を喋ってた。それでも申請は出さんかったんだわ。だから、出したうちをよく思わんで、私も嫌われたんだわ。今日、会う約束になってたのを知って、止めさせようと、父ちゃんに言うたんだろうか。知ってそうしたんなら、雄一さんから聞いたんだわ。どうして言ったんだろう。別に秘密にしておきたい訳じゃないけど、こんな風になるんだったら……

繰り言は際限がない。周りの空気が変な揺れ方をした、と感じたその時、

「律。律！」と自分を呼ぶきつい口調の父の声に気付いた。

うん？　という風に顔を上げた律子に、今度は母が言った。

「ぼけっとしてっすけ、父ちゃんが呼んだんだがな。早う食うてしもえ。いっつまでも片付かんろうが」

後片付けは律子の仕事だ。それでも片付かないと急かせた。

律子は無言で頷いて、膝を立てて食卓の上を片付け始めた。

そんな彼女に祖母が低い声で言った。

「食わねんか。体に毒だで、食えや」

「大丈夫だよ。後で食べるから」

律子は片付けの手を動かしながら言った。

「お前《め》さんはおらがあっちこっちへ行って喋ってるて言うろも、切ね思いをしてる人《しょ》に、診療所か大学へ行って調べて貰いなせ、て教えてやってたんだわね。ちっとでも楽になった方がいいろうがね」

普段着に着替えて、流しで洗いものをしていた律子は、水道の蛇口を少し閉めて、背後から聞こえてきた母の、父に反論しているらしい口調に耳を傾けた。

「そういう人《しょ》は知ってて出さねんだ。それにも訳があんだわや。なにもお前が事改めてしゃしゃり出んたっていいんだわや。余所ん家《ち》のことに口出すな」

「おや、そうかね。それでもおらは違《ちご》うと思うわね。川から捕った魚を食うて水俣病になったんだいね。魚が毒にやらってた。悪《われ》がんはどこだね。手が痺れて痛うて寝らんね。頭ががんがんして仕事がならん。医者にかかったって金ばっかかかって、さっぱり治らねて言うすけ、水俣病の患者だて認定を貰《もろ》えば、弁護士さんや先生方が国や県に掛け合ってくれられて、後々治療費も心配しねで医者に行かれるようになるんでねえかね。おらはそう言うたんだわね。まっでえ悪《われ》ことした者《もん》みてえに言われとうねえわね」

母はしゃべり出すと止まらない。父は歯が立たない。律子は洗い終わったが流しに立ったまま、振り向きもせず、自分の外出がなぜ止められたのか、母はそこへは触れずに、母自身が非難されたことが心外だと、父に反論している。みんなばらばらだ。

「手前《てめえ》の事ばっか言い訳してるろもな、律の身にもなってみれ」

「ほんにさ。律、勘弁してくれや。お前には悪《われ》ことしたな。おら、そこまで気が回らんかったわや。考《かんげ》えなしで済まんかったな」

律子の応答も待たず、奈津江は続けた。

「平松のお父《とと》もどうかしてっわね。決まった話でもねえってに。若え者同士がたまに映画を見に行ったりしてるだけだってに。律が気にくわねんだば、雄一さんに言わせればいいんだがね。普通はそうだろうがね」

「なんべん言うたら分かるんだ。問題はお前なんだろうが」

父が吐き捨てるように言った。

「そんだろもね、父ちゃん。おら、間違うたことはしてねつもりだでね。先だっても診療所の医者達《せんせ》が長谷川さん所《とこ》へ来られて、ここらん人も話を聞きに集まった時言われたわね。県が正式に公表したんだすけ、そんげな病気になっと世間体が悪《われ》えとか、手前の病気を水俣のせいにしてと思われるのが嫌だとか思わんで、きちんと診断をして貰《もろ》た方がいいってね」

「それだが、誰《だっれ》もお前みてに、あっちこっちへ行って喋ってねがな」

「聞かんかった人に教えてやって、どこが悪《われ》ことあろうばね」

律子は、母の言うことを聞きながら、通い始めたばかりの洋裁学校の帰りに、祖父母や親たちの薬を貰いに診療所へ行った時の光景を思い出していた。

以前は、殆どの人達は近隣の医院にかかっていた。だが、昭電の垂れ流しの毒水で阿賀野川の魚が浮いた一件以来、どこの医者より早くこの近辺の集落を回って、住民の体の異変を気遣ってくれたのが沼垂診療所の医師達だった。以来、人々は今までの町医者へ行くのを止めて、バスに乗ってここまで診察を受けに来るか、公表した大学病院へ行くようになった人達もいた。律子の家でもそれがきっかけで診療所へかかることになったのだ。

その時も四、五人の中年の男女が診察室で佐野先生から、何かの説明を聞いている様子だった。どの人も名前は知らないが見覚えがあった。

律子がたまたま誰もいなかった受付へ、四つの薬袋を出して、待合室の長椅子に腰を下ろしたところへ、戻って来た看護婦さんが声を掛けた。

「米川さん。あんたも先生のお話を聞くといいわ。家へ帰っておじいさん達に説明してやれるでしょ。入りなさい」

ここの看護婦さん達はどの人も親しみやすく、気軽に話し掛けてくれる。

「何の話ですか」

律子は立ち上がって看護婦さんの側へ行って小声で聞いた。

「先生が熊本の水俣へ行った時、向こうの患者さんの写真を撮って来られたのを見せて、病気の説明を始めたところ。だから、あんたも入って聞きなさい。ね」

看護婦さんは優しい声で誘ってくれた。しかし、その口調には逆らえない力が隠されていて、内気な律子は気が進まなかったが従った。診察室の入り口の手前で立ち止まってしまった律子に、真っ正面に腰を下ろしている佐野先生が話を中断して、

「そこの椅子を持ってきて座りなさい」

と部屋の隅にある丸椅子を指して言った。

先生のその声につられて、幾つもの顔が一斉に律子に向けられた。

言われるまま、律子が丸椅子を持ってその人達の後ろに腰を下ろすと、端っこにいた男の人が、手に持っていた一枚の写真を律子に渡した。それは子供といっても学校へ上がる前の小さな子供達が広い板の間で、しゃがんだり寝そべったり、中には立っている子もいたが、どうやら水俣病にかかった幼い患者らしかった。写真が次々と回ってきた。大人の患者を撮ったものもあった。

ここらでは小さな子供の水俣病患者がいるとは聞いたことがなかったので、律子はしばらくその写真がなぜ水俣病の説明に必要なのか分からなかった。

「その子供達はお母さんのお腹の中にいる時に、既に水俣病に罹った子なんだよ。そういう子供さんが大勢いるんだ、熊本にはね」

佐野先生は律子に説明した。

あの日、何枚の写真を見たか、今は正確には思い出せない。十枚近くあったと思う。

あの時、先生の説明に固唾を呑んで聞き入っていたあの人達は申請しただろうか。母が言うように、先生達が各地域を回って水俣病の説明会を開いても、人の集まりは疎《まば》らだとしたら、人の目を気にして、公の席には顔を出さない人達が多いのだろう。みんな噂を立てられるのがいやなのだ。中には、あの人《しょ》らは赤だすけの、手前《てめ》らの主義を通してえために、おらたちはいいように利用さってんでねえかと、言う人《しょ》もいるげだで。

この話は、ついこの間、父の土方仲間がお茶のみに来て、うちが申請を出したとは知らないらしく、そんなことを言っていた。

あそこに母がいたら、話はややこしくなっていただろう。

その人が帰ってから、父は面白くもないといった口調でぼやいた。

「誰《だっ》かが言うてただてや。誰《だっ》でもねえ手前が言うてんだがな」

「ああやって探りを入れてんだかや。おらうちが出したんは知ってるろうになあ」

祖母が客の湯飲みを下げながら、まだそこいらに、客の姿が見え隠れしていては困るという風に小声で言った。

客は帰り際に、そのうちに、ここらん人は軒並みに『赤旗』を読み出すんでねえかと、小川の親父がぼやいてたって話だ、とも言った。

「共産党かもしんねろも、おらってに来て一度だって政治の話はしたことはねえし、長年ここらん人の票を掻き集めてる小川の親父は、おらたちのために県庁へ掛け合ってはくんねがった。こういう時にこそ一働きしてくれっかと思えば、どういう訳でぼやかんばならんてか、て言いてとこだ」

祖父の春男が一段と低い声で言うと、それに合わせるようにきみが言った。

「この話はこれっきりにしておこで」

祖父母と父の三人から少し離れた廊下で、律子は傍らに寝そべっている子猫の背中を撫でながら、もっともな話だと思っていた。去年の春、飼い猫が突然姿を消して幾日も経った頃、作業小屋の樽の中で死んでいるのを祖母が見つけた。硬直した体が不自然な捩れ方をしていたのを見て、余所の猫みたいに狂い死にしたのではと不憫がっていた。たまたま学校から戻った明が、裏の栗の木の下へ穴を掘って埋めた。周りでそんな風に突然狂ったようになってあちこちの猫や飼い犬が死んだ話は聞いていたから、特別驚きもしなかったが、古い家なので野良ネズミの進入を防ぐためにも、猫がいなければ駄目だと、今年になってから生まれたばかりの子猫を祖母が貰ってきたのだ。

少しの沈黙の後、さっきと同じ口調で、そんだども、と前置きして春男が言った。

「ここらで一番度胸《いっち》がいいがんは、おらうちの母ちゃんなんだわや。あれが真っ当なんだ。おっかながらんで、誰《だん》にでも隠さずに話すんだが」

「時と場合によるてば」

孝造の、堪ったもんでねえとの色合いがこもっている口調には、春男もきみも応じなかった。正論はいつも滑らかに受け入れられるとは限らない。利害が絡めば尚のことだ。孝造がそこを言いたいのを、二人は知っていたからだ。現に律子は泣きを見ている、とそれは暗に訴えていた。律子は父と祖母の、言葉にしない彼女へのいたわりを、痛いほど感じていた。

突然、閉じられた雄一との付き合い。何が何だかわからないと思いたかったが、理由はあると、父は断言した。水俣病患者の家の娘は困る。それが理由だ、と。

本当だろうか。彼に会って確かめてみると言ったら、きつく止められた。見場の悪いことはするな、と言い渡された。

彼がそんな風に考えるとは思えなかったが、父が嘘を言っているのではないことは理解できた。

みんな、いざとなると尻込みして、申請書を出さない。噂が怖いとか蔑みとやっかみを込めて、水俣病《みなまたびょう》と呼ばれるのが怖いし、仲間外れにされたくないとか、隣りの家みたいに、申請を出すのをお母さんが頑として首を縦にしないんだと、母ちゃんは言ってる。

あの時、診療所で一緒に佐野先生の説明を聞いていた人達だって、みんながみんな申請したわけではないようだ。まだ、迷っている人もいるかも知れない。家族が出させないのは隣りだけではないかも知れない。

雄一の家族にはもろに嫌われてしまった。彼も同じ気持ちなのだろうか。一切、音沙汰がないということも律子を悄気させた。親が反対しても、彼自身その気がなければ、何か言ってくるはずだ。親に厳しく言い渡されたとしても、男なんだもの自分の意志を通して欲しい。それとも私が彼を買いかぶっていたのか。いや、逆に、私はその程度の相手でしかなかったということか。私は自惚れていたのか。きっぱりとけじめを付けねば、と思う後からまたも、もしかしたらあの晩、親に隠れて家の前まで来ていたろうか、との思いが閃いて、家に来て堂々と挨拶をするわけにはいかないから、私が外に出てくるか、窓からでも顔を出すかもしれないと、道端の木の陰から窺っていたとしたら？　そんな思い付きは何の根拠もないと分かっていながら、でも、突然だったし、雄一さんだってどうしていいか分からなかったなら、それくらいはしてたかもしれない。なぜ、あの時そこに気が回らなかったのかと悔やんだ。もしかして、次の日も来てたとしたら……。今頃気付いても遅い。律子は萎えた心で呟いた。

その夜、律子は台所仕事を終えて電気を消すと、流しの前の窓を開けて外を窺った。道端の外灯が辺りをぼあんと照らしていた。作業小屋から伸びている小路が村道《むらみち》へ続く辺りにも、隣りとの境の木々の辺りにも人影は見えなかった。人も車も通らずしいんと静まりかえっていた。

有り得ないと分かっていながら、やってしまう愚かさと諦めの悪さに傷付いた。そして思った。付き合っていた頃だって、あの人は家まで迎えに来てくれたことは一度もなかった。私達はいつも橋の近くのバス停で落ち合った。私がバスを待っている振りをして。私に会いたくて、家まで来てくれたろうかなんて、なぜ思ったんだろう。自惚れだ。私は親の一言でおじゃんに出来るくらいの相手でしかなかったのだ。そう考える一方で、ふと、我に返ると、楽しかった日々のあれこれの中に埋もれているのだった。

お盆前だった。週末のデイトに、雄一は車が故障したと言って弟のバイクを借りて来た。日は落ちたが暮れるにはまだ間がある時刻、堤防の上を走りながら、

「ほら、あそこ。一番下《いっちしも》に止めてある小舟《センパ》が、じいちゃんのなんだろも、おれ貰《もろ》たことにしたんさ。しかも前に仲間から貰《もろ》たままになってんと」

そう言って、対岸に止めてある数艘の舟の方へ顔を向けて律子に示した。

センパだって。今どきそんな風に言う人いないよ。うちのじいちゃんだって言わないよ。

あんたんとこのおじいさんは今でもそう言うの？　などと内心で笑っていたが、律子は別のことを言葉にしたのだった。

「貰ってどうするん？」

「たまには小遣い稼ぎに網を張ってもいいろ」

勧めているのに、いつ網をおろすんだろうと思ったが、それも言葉にしなかった。

「しばらく使うてねすけ、そのうちにきれいにしたら乗せるさ。今時分から出せば川風が涼して、気持ちいいろうなあ」

「そうかもねえ」

しばらく無言で走った後、言った。

「律子丸だな」

「えっ、何て言ったん？」

背後で律子は、彼の肩へ頭を寄せて聞き返した。しかし、雄一は笑って二度は言わなかった。

律子丸だって！　彼女はしっかりと耳に届いていたその言葉を心の中で反芻していた。聞こえなくて聞き返したのではなかった。反射的に言葉が出てしまったのだ。脈拍が早くなっていた。今日はどこへ行くんだろ。用心深い人だから、警察に呼び止められるようなことはしない。だから遠出はしないだろう。この辺りを走ってるのもたまには気分転換でいいわ。川風も気持ちいいし。律子は彼からそおっと頭を離して思った。

右手を彼の肩に掛け、左手を彼のズボンのベルトに摑まるように言われて、初めて雄一の体に触れた。急速に彼を身近に感じて胸がどきどきした。彼の背後から伝わってくる安定感と力強さ。律子はそんな風に感じている気持ちを気付かれるのは恥ずかしかったし、すぐぬか喜びする軽い女だとも思われたくなかったのだ。

お盆も過ぎたが、舟遊びの誘いはなかった。律子は催促はしなかったが、心の中では待っていた。

「ねえ、舟の掃除手伝おうか」

会うたびに、その言葉が律子の中で繰り返されてはいたが、口には出来なかった。催促がましい、と取られたくなかったのだ。

「しばらく行ってねろ、洋裁学校。そんげに休んでていいんだけ」

昼の後片づけをしていると、きみがそっと近づいて来て言った。無言で頷く律子に、

「なして行かねんでえ」と再び聞いた。

毎日家にいる祖父母からの問いでは答えないわけにはいかない。今まで聞かないでいてくれたのだと分かっていても、素直に答えられなかった。言ってしまうと怺えていたことががらがらと音を立てて崩れ、この場で泣き伏してしまいそうでこわかったのだ。

「うーん？」と返事とも付かないいい加減な答え方をしながら、じゃあじゃあと勢いよく水を流しながら茶碗や皿を洗い続けた。祖母は二度は問わず、離れて行った。

待たれた九月だった。洋裁学校は九月の第二月曜から始まった。長い夏休みに入る前まで作っていた残りが、そのまま宿題となったが、律子は運良く仕上げていた。九月からはブラウスを縫う予定にしていたので、それもあったし、何よりも自分が失恋してしたことなんか、誰も知らない学校なら、落ち込んでいた気持ちを忘れていられるかも知れないと、そこへ気分転換を求めていた。

律子は全て隠すことに決めた。どうしたの。何だか元気がないねえなんて絶対に言われたくない。だから努めて自然に振る舞おう。

そんな言い聞かせも不要なほど、親しい友達に会った瞬間、

「会いたかったあ」

と久々の再会を喜び合えた。律子はクラスでは最年長だったが、年の差など忘れていられるくらいみんなと解けあって学べた。年を食ってる分だけ、高校を出て入って来た子たちより、知っていることも多く、欲もあったし、器用でもあったから理解も早く、最初に習う幾つもの部分縫いなどは、周りの子に要領を教えてやれるほどだった。そんなこともあって少なからず重宝されたり、親しみも持たれていた。

九月からもその延長で行きたかった。自分さえぼろを出さなければその通りになるはずだった。

しかし、噂は学校が始まる前に既に伝わっていて、律子をたじろがせた。誰が一体！ それは計算外の早さだった。

「失恋したんだって。本当？」

がやがやとお昼時間の騒がしさの中で、律子は自分と同様に、仕事を辞めて入って来た一つ年下の洋子に問われた。

余りにも唐突に突きつけられて、雷にでも打たれたように、固まってしまい咄嗟に声が出なかった。

失恋て言ってる。知ってるんだ！ 絶句したまま、何とか言わなければと焦りながら、全然動揺なんかしてないという振りなんか出来ない。今すぐここから逃げ出してしまいたい。しかし、それも出来なかった。

律子は激しい動悸が鎮まるのを待っている余裕もなく、低い声で努めてさり気なく聞き返した。

「誰から聞いたん？」

「うーん。誰って、割と知ってるみたいだよ。こういう話って早いんだよね」

洋子もまた、内心、興味津々なのを隠して、律子の視線を避けたかったのか、目の前の弁当に覆い被さるような格好で、早口で呟いた。

その姿を見た瞬間、律子は強烈な敗北感に襲われた。ここまで広がってるなんて！

何か言わなければと焦ったが、滑らかに言葉が出てこなかった。喉がかさかさに渇き切っていた。

笑われてる。この人は心の中でくすくす忍び笑いをしてる。それを覚られたくないからあんな格好をしてるんだ、きっと。その姿を見ていて無性に腹が立った。同時に屈辱感で泣きたいほど落ち込んだ。パッとここから走り出られたらどんなにいいだろう。しかし、思っただけで実際は自分の足下に目を落としたまま、早鐘を打っているような心臓の音に必死に耐えているしかなかった。

午前中は割と知ってるみたいなら、午後にはクラスのみんなが知って、帰る頃にはあちこちで囁き合って噂してるだろう。

泣きたかった。惨めだった。それでも何とか言わなければ。

「ねえ、誰から聞いたの」

と言おうとしたが声を出せなかった。歯がかちかち鳴りそうで、声が掠れるか、震えるかしたら、もっと笑われる。勝手に暗い穴ぼこへ自分を追い立ててるとは分かっても、そこから抜け出せないでいた。

雄一を失った淋しさ悲しさを忘れたくて出て来たのに、笑われる存在になっていることに打ちのめされた。

その夜、律子は長く眠れなかった。昼間の恥ずかしさが次々と思い出され、寝返っても消えない。拘りはまた拘りを作った。妄想が際限もなく広がり彼女自身を縛った。

「今にも泣き出しそうな顔してさ。見てられなかった」

そんな風に洋子が言ってないとも限らない。

「深刻に悩んでたのかもね。噂になってると知って、きっとショックだったんだよ」

誰かが言ったとする。

「あの人、案外まじめなんだ」

「それ、どういうこと？」

「だってさ、今どき失恋で悩むなんて」

「でもさあ、悩むと思うよ。誰だって」

「今どきってことないよ。いつだって好きな人から嫌われたらがっかりするよ」

「でも、悩んだりしないよねえ」

「人によるんじゃないの」

「嫌われたら、それ以上に嫌ってやればいいのに。私ならそうする」

自分で作って勝手に言わせた言葉に、律子は深い溜息を吐いた。もう止めよう。頭が痛くなってきた。そう決めた後から、また浮かんできた言葉を誰かに言わせた。

「たったそれだけのことで、いつまでもじくじくと踏ん切りの悪い人だね」

「だから嫌われたんでしょ」

「違うんだって。あの人の家族は水俣病なんだって」

「なに、それ」

「水俣病って、新聞でも騒いでたよねえ」

その中の誰かが水俣病を説明するだろうか。したとする。それで一瞬静かになったが、所詮他人事である。額を寄せ合って、

「それなら尚のこと、そんなに悩まなくたっていいと思うよ。米川さんが悪い訳じゃないんだから」

「あっちの方は大騒ぎなんだってさ」

「すごい差別を受けてるんだってさ」

「あんた、誰から聞いたの」

そこまで言わせて行き止まった。誰だろう。一体、誰が言い触らしたんだろう。洋子は誰から聞いたか言わなかった。言わなくてもあんたなら分かるんじゃないの。おんなじ方向から来てるんだもの。そう言いたかったのか。でも、私は知らない。どんな子がこっち方面から行ってるかは。

噂の糸を手繰るきっかけを見つけると、際限なく手繰られ、洋子を中心にお喋り達が噂に花を咲かせている場面まで想像出来ても、話を広げた張本人だけは見当も付かなかった。

寝返りを繰り返し、その度に今度こそ眠ろうと思っても、目は益々冴えて眠れなかった。両親も祖父母達も、ちょっと前までは夜中にトイレに起きるのだったが、今はみんな寝る前に薬を飲むから朝方近くまでぐっすりなのだ。受験勉強をしている明だってもうとっくに眠ってしまっただろう。静まりかえった家の中で起きているのは自分だけ。さっき泣いたりしたから目は痛いし瞼は重い。それに頭もぼおっとして痛いのか重いのか分からなかった。

みんな忘れてしまいたい。あれから一ヶ月も経つけど、雄一さんとはどこでも会わない。もし、親たちに無理に付き合いを止めさせられたんなら、どこかで私を待ってて、何とか言うはずだ。私が何時のバスに乗るかも知ってて、それでも一度だって来なかった。父ちゃんが、きっぱり諦めれ、と言うたんは正解なんだろうか。でも、雄一さん、おじいさんから貰った舟に私の名前を付けてくれたんだよね。あの律子丸って聞いた時の気持ち、私、絶対、忘れない。私の気持ちと雄一さんの気持ちはおんなじだったよね。そうだよね？

勝手に問うて答えを求めてもそれは叶わない。彼を目の前に引っ張り出して、じっと見据えても雄一は何も言ってくれなかった。

追い打ちを掛けるように、雄一や彼の父親、祖父、そして彼の母親の姿が脳裏に浮かび出た。この人が一番自分を嫌ってるかも知れない。跡取りの嫁には絶対出来ないと力説しただろう。水俣病を堂々と喋り歩く女の娘なんか真っ平だと。

でも、じいちゃんは母ちゃんのしてる事は間違ってないと言うた。家で一番病気が重いじいちゃんが。

私もそう思う。でも、出る釘は打たれるのだ。父ちゃんだって本心は母ちゃんを理解してるんだと思うけど、あまりにも目立ちすぎるっけ、困って少しおとなしくしてれと言うんだと思う。勇気だの、主張だのはここでは通用しないんだ。みんな水俣病なんて他人事だと、本当に本心から思ってるんだろうか。

もう何が何だか分からない。こんな思いをずっと味わったり、人から陰口を言われながら暮らしてゆくなんていやだ。噂なんか知らないどこか遠くへ行ってしまいたい。水俣病なんかなければよかったのにと萎えた心で思った。

それにしても、一体、誰が言い触らしたんだろう。こっちから通ってる子がいるなんて知らなかった。どんな子だろう。松浜の子に違いない。ということは、あそこではもうみんな知ってるんだ。だからって学校に来てまで喋らんたっていいだろうに。噂を立てられる者の身にもなってみればいいんだわ。

やだなあ。明日また、おんなじ思いをするんだろうか。行きたくないなあ。恥ずかしいし、第一、噂のまっただ中に一日中いる勇気はないし、みんなの目が怖い。明日になったらもっと噂は広がってて、先生方や専科の子たちまで知ってしまうだろう。みんなに笑われに行くみたいなもんだ。休もうかな。

私がこんな思いをしてるなんて、雄一さんは全然知らないんだ。あの人も友達や仕事場の人達に聞かれてるだろうか。津島屋のあん子はロハにしたんて、本気なんけ？　とか或いは、あん子と一緒になるつもりだったんけ？　などと。

そこまで想像は出来ても、雄一がどう答えるか。どんな言葉を彼に言わせてみたところで、律子自身が苦しむことに変わりはないのだ。

親達は、律子が休み続けているとは知らない。きっと祖父母が口を噤んでいてくれるからだ。律子は二人に甘えることにして、自分からは一切言わなかった。知ったら母がどんなにうるさいか、火を見るよりも確かだ。

幾晩も眠れない夜が続いた。そんな或る夜、うとうとしたらしく夢を見た。

律子は何人かの女友達と小高い山というより丘を登っていた。そこを通って誰かの家を訪ねるような雰囲気だった。彼女達はのんびりとお喋りをしたり、何やら笑い合ったりして先になって進んで行くのに、なぜか律子はみんなの歩く道から外れて、ごろごろと大きな石が転がっていたり、木の根っこが剝き出しになっている崖のような所にいて、幾らみんなの所へ辿り着こうとしてもなかなかそこへ行けない。誰かに助けを求めようとするが誰も律子の方を向いてくれない。友達の名前を呼ぼうとするがなぜか声が出ない。焦れば焦るほど、ずるずると足下の土が崩れて、木の枝にでも摑まらなければ下まで滑り落ちてしまいそうになっていた。いつの間にか大勢の人ががやがやと歩いている。律子はその中に雄一の姿を見つけた。ああ、よかった。雄一さんが見つけて助けに来てくれるだろうと心待ちしていたのに、彼は律子の方は見向きもしないで、仲間達と何やら楽しげに喋り合いながら、ずんずん先へ行ってしまった。私がここにいるのに見つけないってどういうこと？　ねえ、こっちを見て！　と叫びたかったが、今度もまた呼べなかった。私と会えなくなっても雄一さんはあんなに楽しそうにしていた。律子は虚しい気持ちで両手を突いて這い上がろうとするのだが、足下の土が崩れてずるずると滑り落ちてしまった。もう辺りには人影はなかった。でも、まだ日は暮れていないから、すぐ追いつけるかも知れないと思いながら、再び道のある所まで這い上がろうとして目が覚めた。

僅かしか眠っていないのに、夢は長く続いたように思えた。暗闇の中で律子は夢から抜け出せないまま、夢の内容に拘っていた。どうして誰も私のことを忘れたように置いて行ってしまったんだろう。一緒にいたのは誰だったろう。洋裁学校の友達じゃなく、勤めていた頃の人達みたいだった。確かに雄一さんはいた。でも、一度も私の方を見てくれなかった。私の事なんてもう忘れてるみたいだった。

夢は所詮夢でしかない。しかし、夢はもう一人の自分に会うことだと、誰かから聞いたか、本で読んだ記憶がある。もう一人の私なんかいない。夢の中の私は紛れもなくこの私本人だと思う。律子は夢の中でも雄一に無視されたことに落胆していた。

祖母に、なんで長々と休んでいるかと問われた日の夕方、また同じ事を聞かれて、律子は、

「私のこと噂になってるんよ。ちょうど先生が産休で十月はじめまで休んでるから。十月になったら行くよ。その頃になれば噂も下火になってるんじゃない？」

と答えた。意外にも穏やかに答えられて、律子自身内心でほっとしたり驚いたりしていた。後の方は勿論嘘だ。祖母が信じたか、それは分からないが、それ以来聞かなくなった。

十月になれば稲刈りが始まる。孝造夫婦が土方に出る前から、春秋の田仕事は一日市の

奈津江の実家に任せている。伯父の所では大型の農機具を備えていて、頼まれれば都合を付けて引き受けてくれるからだ。

その伯父が、何時いつ、お前の所を刈ると言ってくれれば、任せきりとはいっても、せめて十時と三時のお茶くらいは用意はしなければならない。親戚なら尚更だ。律子まで働きに出ているのなら、半病人並の祖父母だからご免してもらえるが、言ってみれば習い事でしかない洋裁学校へ行っている律子がいるのだから、休んでもその役目はしなければならない。

律子にはそれも重荷になっていた。伯父の所でも律子の一件は既に耳にしていることだろう。或いはとっくに奈津江に真偽の確かめはあったかも知れない。あの気さくな伯父が、会った途端どう言い出すか。想像するだけで身の毛がよだった。

それから何日かたったある夜、父が言った。

「律、学校の帰りに薬を貰うて来てくれや」

律子はいつものように気軽に返事をして薬代を受け取った。

父の言葉を耳にした瞬間、何かが律子の中で弾けた。明日？　そう自問した途端、思わず背筋を伸ばして内心を取り繕った。胸が痛いくらい強くいつまでも打ち止まなかった。

覚られないように。見破られないように。何故か瞬時に立ち上がった計画（？）を律子は排除せず、受け入れていた。それがとんでもないものであることに思い及ばなかったら、取り繕う必要はなかったはずで、彼女の中で僅かでも慌てさせる、隠さねばならないとする思いはあった。

夕食の後始末をしていても、この考えは消えなかった。流しに立ちながら、四人分もあるんだから絶対に失敗はしなくて済む、と何度も思った。

薬はいつも四人分一緒に貰うのだ。翌朝、律子は祖母に、

「久し振りだから、もしかしたら友達と喋ったりしてくるかもしんないよ。遅くなっても心配しんたってていいからね」

と言い置いて家を出た。

いつからこの日と決めていたのか。この日を待っていたのだろうか。

いつかあの舟を見に行きたかった。勇気がなくてあそこまで行けなかったし、見たってもう雄一さんは律子丸と言った事も忘れてるだろう。分かってるが、あの時、川風に揺れて耳元に届いた「律子丸だな」の彼の声が、律子の中で聞こえてくるのだ。

そんな思いを持っていて、それでも決めていいのか。何も決められないまま、律子は家

を出た。

夕方、いつものバスで帰らなくても、騒がれないように手は打った。深く考えたわけではなかったが、なぜかすんなり言葉に出来た。

夜、何時頃になったら、親たちはおかしいと気付くだろう。学校へ連絡するだろうか。してても夜は誰も居ない。友達のことは知らない。こんなこともあろうかと知らせておかなかったわけではない。たまたま聞かれもしなかったし、親たちもまさかこんなことが起きようとは夢にも思わないから、友達の電話番号をそこいらに書き付けておかせようなんて考えもしなかっただろう。

どこをどう探せばいいのか迷いに迷った挙げ句、よもや雄一の所へ問い合わせたりはすまい。そこまで取り乱さないで欲しい。

きっと、川や海を探すだろう。でも、私はそこにはいない。絶対に見つかりっこない所へ向かうつもりだ。みんなが探し疲れた頃、私は多分もう生きていない……

決意

このぶんでは、今日も結論は無理だな。

明が、ストーブの周りに座っている人達の後ろ姿を眺めながら、そんなふうに思っていると、神主の泉さんが彼の後ろを通って部屋を出た。

「なにもスパイのいる今、決めんたっていいねっかね」

田辺さんが、泉さんが出て行った方をちらっと顎でしゃくって言った。押し殺したような乾いた声に、明はどきっとした。みんなもおそらく今の言葉に驚いたと思うが、竹内さん初め誰も何の反応も示さなかった。田辺さんと目が合うのを避けているようだ。斜め前に座っている宮下さんなどは所在なさそうに、前屈みになって片腕に顎を乗せているが、指すらぴくりとも動かさない。その隣りの高田さんも眠ってはいまいが、背中を丸め目を伏せて、胡座の中で握ったこぶしを見つめている形を崩さない。

誰も田辺さんの言葉を突飛で妄想だと思っているだろうが、その考えは違うと指摘する者はいない。みんな表立って事を荒げるのを避けているのだ。

やがて、泉さんが戻って来た。田辺さんの言葉が聞こえたかどうか、泉さんの表情からは読み取れなかった。

「あんげな男ではねがったんだ」

いつだったか、明と二人だけの時、竹内さんは彼を庇うような口調で言ったことがあった。その前の会合の時も、田辺さんが誰かの言葉に気色ばんで強い口調で言い返した。すると、それまでてんでに言いたいことを言っていたのが、途端に皆口を閉ざしてしまった。神経を尖らせていた田辺さんが、必要以上に考え違いをしているんだとは、長い付き合いの中で分かっていたが、興奮気味の彼に敢えてそれを指摘してやろうとはしなかった。

「ちょうど嫌がらせのハガキが来はじめた頃からでしたよね」

そう言った明に、竹内さんは頷きながら言った。

「気の良い、どっちかと言えばのんびりしすぎてる男だったんさ、子供ん頃から。それだが、〈お前は大嘘つきの金泥棒だ〉とか〈お上を騙した奴は地獄へ行け〉とか書いたハガキを二度も送りつけらって、幾《いっく》ら気のいい男でも頭に来っさ」

「他の人の所にも来てたんですよね。〈金亡者〉としか書いてないハガキが来たのは、宮本さんの所でしたよね」

明が何を言いたいか察した竹内さんは、無言で頷いただけだった。

そんな誹謗に一時は腹を立てても、互いに励まし合って、無視していようとか、こんな中傷に負けてはいられないとか言い合ってけりを付けていた。しかし、田辺さんだけは事ある毎にそれを引っ張り出して、感情を露わにしていたのだ。いつの間にか、この集まりにとんでもない分子が紛れ込んでいるんじゃないかと疑うようになって、竹内さんに内々に言ったことがあったそうだ。困り果てた竹内さんが、

「そんげな人《しょ》は居ねて。みんなあっちこっちおっかしげになってしもた被害者ばっかだねっけ」

と諭すと、その時は頷いて納得するが、しばらく経つと、また疑心暗鬼な思いが起こるらしく、だが、それを直截には言えないものだから、何か引っかかるような物言いをして人の気持ちを殺ぐのだった。

「この病気が人まで変えてしもたんだ」

明は今、あの日の竹内さんの言葉を思い出しながら、それでも口を開かない大人達のこのやり方はどうなんだろうと思った。田辺さんとは、この患者会で顔を合わせた時に挨拶を交わすくらいで、彼のことは竹内さんからの情報でしか知らないが、いつか話が出来るといいなと思った。

帰りの道々、明はさっきまで降っていた雨のせいで、すっかりぬかるんでしまった雪の中を、長靴でざぶざぶと歩きながら、人が良すぎるくらいと言われている人をも、見る人

見る人を疑ってかかる人間に変えてしまう、風評の恐ろしさを思っていた。

確かに泉さんは患者ではない。竹内さんの相談相手になれたらと自ら申し出て、この会に参加していると聞いている。その泉さんを田辺さんはスパイしに潜り込んでんだと取っているのだ。

幾ら何でも、泉さんがスパイってことはねえろう。この付近では、一応人格者と見なされている人だ。何せ神主なんだし。あの人を疑うなんてなあ。

「ほんね、この病気がここらん人を敵味方に分けてしもた。親類でも仲違《たげ》えした人《しょ》もあるてんだが。情けねえの。金が絡むと、人てやそんげに変わるもんだろっか」

いつだったか、祖母が祖父や父と話しているのを思い出した。まだ、姉の律子が洋裁学校へ通っていた頃だった。

うちは六人家族が五人になってしもた。姉ちゃんも風評に負けた一人だ。金は絡んでねろも、水俣病に殺された一人だと思う。

田辺さんの言葉は、明にいろいろなことを考えさせた。

律子の遺体が、胎内の山中で発見されたのは一昨年の暮れも押し詰まった頃であった。

発見者は雪山登山をしていた数人の男性達であった。そのうちの一人が何気なく崖下に視線を向けると、葉を落とした木の枝にひらひらと風に揺れている物を見つけた。崖の中程から谷に向かって斜めに伸びているその枝に引っかかっているのは、どうやら被服のようだ。彼らのいる場所から谷底は見えない。獣道もない。道に迷った登山者が足を滑らせて落ちる途中で服が脱げて、あの枝に引っかかったのか。それとも雪の降る前に山に入った人が、どこかで休憩した際に脱いだ服を飛ばされて、あの枝に引っかかったままになっているのか。とにかく、報告だけはしておこうと警察に届けた。

翌日、現地へ入った警察は、崖下で若い女性の凍死体を発見した。家を出たきり音信の途絶えていた律子であった。風になぶられていた服は、彼女のブラウスであった。

その日、仕事場で連絡を受けた父親の孝造は、その場から警察の車で現地へ入った。律子が家を出てから三ヶ月近く経っていた。

孝造が現地に到着した時は、既に律子の遺体は雪の中から掘り出されていた。掘り出されていたと言うより、律子の周りの雪を除けて、凍っていた遺体に毛布が掛けられていた。

そこはほぼ垂直に近い崖下ではあったが、僅かだが平坦な地面に、腰を下ろした状態でごろんと横になった格好だったそうだ。上から過って滑り落ちたのか、それとも覚悟の上で飛び降りたのか、それは解剖でも分からなかった。

鞄から放り出された小物が、律子の周りに散乱していて、警察はそれらを一つ一つ凍っている地面から剝がして、孝造に確認を求めた。しかし、その全部が娘の物であるか、孝造には確信はなかったが、そこには律子しかいないのだからそうだと思うと答えた。

律子の遺体は解剖に回され、夜になって孝造だけが帰ってきた。既に親族が集まっていたその場で、孝造は状況を説明した。しばらくの沈黙の後、律子の伯父に当たる奈津江の兄が、何か言いかけると、

「今日のところはこれで勘弁してくれね」

と遮って、孝造は席を立ってしまった。以来、家族の誰も聞き返してはいない。

地元の新聞には小さく出た。しかし、若い女性とあっただけで、氏名も年齢も伏せられていた。温情が計られた、と家族は安堵した。

年を越しても、家族の誰もしみじみと律子の思い出話をしなかった。それぞれが心の中でそっと律子に語り掛け、ともすると彼女の足音が廊下の辺りでしたような、或いはささっと茶の間から台所の方へ小走りに駆けてきた足音が聞こえたような気がして、思わず耳をそばだてたり、咄嗟に振り向いてみることも再三あった。それが錯覚だと分かっていて

も、そんな気がすれば振り向かずにはいられなかったのだ。

　律子の葬儀を終え、しばらくすると夫婦はまた仕事に出始めたものの、奈津江は家の者が、おや？　と訝《いぶか》るほど人中へ出て行かなくなった。その日も夫婦が仕事から戻る前に、夜患者会の集まりがあるとの知らせが届いていたが、夕食が済んでも腰を上げない奈津江に、きみが様子を窺うように言った。このところずっと出ていないので案じているのだった。

「母ちゃん、行がねでいいんだけ」

　奈津江は無言で少し首を傾げただけで大きく息を吐いた。丸めた背中と肩が動いたが立ち上がろうとはしなかった。見かねた孝造が、

「行がんたっていいすけ、風呂入《へ》って早う寝れ」

と言った。その代わりにおれが行くとは言わず、会がある度に竹内さんが報告かたがた来てくれていた。それを気に病んだ祖母のきみが、

「明、お前《め》、母ちゃんの代わりに行って来いや。竹内さんに迷惑の掛けっぱなしで申し訳ねえがな。頼むわや」

と言ったのだ。明は、

「えっ、おれが？　患者でもねえってに？」

と渋ったが、最初からずっと出続けていた母親が、姉の一件から出なくなっているので、竹内さんとしても経過を知らせねばと来てくれているのだとしたら、祖母の言うのもわかる。そして何よりも、水俣病の風評の恐さを受けてしまった家族の一員として、これからの会の様子は知る価値があるはずだと、思い直して出始めたのだ。

　何度目かの会合の後、来ていなかった近くの石川さんへの言付けを頼まれた。快く引き受けた明は、竹内さんから礼を言われた。

「助かったさ。おれが翌日にでも行かんばならんとこを、お前《め》さんが足をのばしてくれて良《い》がったて」

　それまでは、患者でないということで、何となく気詰まりな思いをしていたが、一つ用を足したことで、認めて貰えたような安堵感を味わった。

　それがきっかけで、以前は竹内さんが回っていた配り物や報告などは明が引き受けるようになった。下山まで言付けを伝えに行ったり、時には川向こうの清水さんの所まで、自転車でひとっ走りすることもあった。そんな明に、父は釘を差した。

「人に意見を聞かってても、喋んな。お前《め》は母ちゃんの代わりに聞きに行ってるだけなんだ。

忘れんな」

「分かってる。おれの意見なんか誰も聞く人《しょ》はいねてば」

「決め事になったら、親に話して、親から竹内さんに伝えて貰《もろ》うて言うとけ。忘れんな、自分の立場を」

そう言う父親を、明は一瞬、気が小《ち》っせなあと苦笑したが、やっぱ用心してんかなあ、姉ちゃんのこともあったし、目立たんようにしてろって事なんだと思い直した。

「竹内さんも会の為に頑張ってくれてるろも、どうなんだ、体は。前《めえ》に入院してたこともあったげなんだが。だすけ、頼まれれば手伝うがんはいいろも、集まりでは気を付けれ」

再三の釘差しに、

「大丈夫だてば。小学生でもあるまいし、一度聞けば忘れんてば」

と返して、それでも父は自分の役割を認めてくれているんだと思った。


今年の暮れには律子の三回忌になるが、家族にとっては彼女の死をまだ実感できないでいた。殊に母の奈津江は人が変わったかと、周りの者が訝るほど落ち込み、長く自分を責め続けた。一周忌の法要の席で、孝造と明の間に座っていた奈津江は、焼香の番が回ってきても気付かず、顔中を涙でぐしょぐしょに濡らしていた。孝造に促されてようやく我に返ったようだったが、涙を拭いもせず焼香を済ませた。放心したような、周りに気遣う様子も見せない母の姿を見て、明は胸が詰まった。

「姉ちゃん、見てるろ、この母ちゃんの姿を?」

明は律子の霊魂がいま、ここに在るかのように心の中で語り掛けた。あれから丸一年を経ての三回忌となるのだが、家中の誰よりも母には苦しい時の再現となるのだろうか。

去年の春の彼岸に、納骨をしようかと孝造が切り出すと、

「墓にはまだ雪があっろがね。急いで冷《ひや》っこい土の中に入れんたって」

と言って承知しなかった。納骨は盆に延ばされた。

明には、母の悲しみも落胆も、自分を責めて泣き続けているという祖父母達の嘆く言葉も理解できた。

あの日、明は昼前からアルバイトに出ていて、年末でもあったから時間を延ばして、夕方に帰ると、律子の遺体が見つかって、父が警察の車に乗って確認に行ったと聞かされ、なんで工場へ電話をかけなかったかと母を責めた。

「したって、おらだって気が動転してしもて、お前《め》の事なんて思い出しもしねかったわや。

父ちゃんは仕事場から作業着のまま行ってしもたし、おらは親方に送って貰《もろ》て帰《け》って来たんだ。ほんね、お前が一緒に行ってくれてたら、父ちゃんも心強《こころづえ》かったこてな」

そう言う母の顔は真っ青で、今にも顔を歪めて泣き出しそうに見えた。

「母ちゃん。早う着替えれてば。律子が帰って来るがの」

祖母が、仕事の途中から戻ったまま、着替えもせずに、おろおろと何をするでもなく、裏口から出たり入ったりを繰り返している奈津江を呼び止めて促した。

「律が帰って来るなんて。人違いであってくれればいいが。おら、どうしても本気にならんね」

奈津江はきみの促す言葉にも神経を苛立たせ、素直に聞き入れようとしなかった。

しかし、奈津江の一縷の望みは絶たれ、山で凍死していたのは律子であると、孝造が認めた。だが、遺体は翌日まで戻らなかった。解剖する為だと聞かされると、奈津江は、孝造を労う言葉も忘れて、強い語調で言い募った。

「冷《ひや》っこい思いをして、それだけでも痛ましてならんてがんに、お前さんてや、何でそんげなことさせたんだね。何で断らんかったたねっ」

「そうするがんが決まりなんだてや。どうしょうば」

孝造はそれしか言わなかった。

脇で聞いていて、明は、改めて姉の死が、自分たち家族に、新たな悲しみと身を切るような痛みをもたらしたことを思った。肩で息を吐きながら、父を責めている母の顔が一回り小さくなっていると、明は思った。

あの日、律子は戻らなかった。次の日も、その次の日も帰って来なかった。業を煮やした孝造が、仕事を休んであちこち当たってみると言い出すと、ようやく、きみが重い口を開いた。噂が耐えられなくて、ずっと洋裁学校を休み続けていたのだ。だから、あそこへは行くな、と。

孝造は咄嗟に、

「なんの噂でえ」

と聞き返して、思い当たったのか口をつぐんだ。律子が耐えられないくらい苦しんでいた噂といえば、あの一件しかない。納得はしたが腹は収まらなかったらしく、一息ついてまた言った。

「なして、今まで黙ってたんで！」

滅多に感情的にはならない孝造が、めずらしく語調を強めて続けざまに老母を詰《なじ》った。

「したって、まっさか、こんげなことになるとは、おら、夢にも思わんかったし」

きみも、また自分を責め、苦しんだ。

「じいちゃんやばあちゃんが律の味方になってくれてたすけ、嫌々、洋裁学校へ行かんでいらったんだがね。気い掛けてくれてありがてかったわね」

そう言って姑を慰めた奈津江もまた、いつだったか、お前が一番悪《いっちわれ》んだ。あっちこっちでぺらぺらと喋ってんな、と孝造からとがめられたことがあって、それでも生来の世話焼きは収まらず、相変わらずの連続だった。今改めて、律子がどれほど深い傷を受けて、家にも居られず、姿をくらましてしまったことの大半は、自分に原因があるのだと落ち込んだ。

そして、明もまた、姉の冴えない顔色に気付いていながら、一言の声も掛けなかったことを悔やんでいた。

姉が家を出る前の晩、父が夕食の席で、明日、薬を貰ってくるように言いつけていたのは、明も聞いていた。翌朝、一言、おれが代わりに行ってきてやる、顔色が良うねっけ無理すんなと言っておけばよかったのだ。そうすれば、少なくとも姉はあの日は家にいられたんだ、と。学校の帰りに診療所へ回るのを嫌ったわけではなかった。何となく声を掛ける頃合いを逃がしてしまったのだ。いや、いままでそんな心配りをしたことがなかったので照れくさかったのか。それでもない。ただ、単に、言いたかったが言えなかった。それだけだった。一言、声を掛けなかった。それをこんなかたちで悔やみ続けていた。

　母は体調を崩した。明は母の悔やみの深さを思った。祖父母も父も、それぞれに思うところはあるのだろうが、母ほどの落ち込みようは見せなかった。ただ、誰もが律子の名前を軽々しく口にしなくなっていた。出来なかったのだろう。その分、それぞれ心の中で噛み締めているのかも知れない。明にはそんなふうに思えた。

　今更言うことでもないが、姉に対して償いたいのと、どうしたら悔やみ続けている気持ちを落ち着かせることが出来るか。そこまでは考えても、答えは見つけられないままだった。

　姉はつき合っていた相手との交際を絶たれたことに、あられもない尾鰭が付けられてあちこちで噂されていることに失望して死を選んだ。しかし、自分は運よく地元の大学へ進むことが出来た。親たちはほっとしたようだった。

「まず、良《い》がったの。しっかり勉強して、親孝行してくれや」

母方の伯父はそう激励してくれた。律子の分も、がそこには含まれていると、明は受け取った。何かにつけて、姿が見えない姉が隠されたかたちで去来していた。

自死というかたちで自らの生を閉じた律子の行為は、家族だけでなく周りの人々にも大きな衝撃を与えたようだった。

「逆縁ぐれえ切ねもんはねえさ」

日頃は奈津江のしゃきしゃきに、いささかの距離を置いている近所の女達も、通夜、葬儀の時だけは別で、奈津江の憔悴しきった様子にいたく同情の目を向けて、二人三人と集まった所ではそんな言葉が交わされていた。


朝六時。いつもならまだ辺りは暗いが、このところ積雪が多く、窓の外はほの明るい。目覚めた明は床の中で、階下の様子を窺う。ことりとも音がしない。まだ誰も起きていないようだ。

明は着替えてから茶の間へ行って、石油ストーブをつけ、炬燵に入れる豆炭をガスで熾こした。タイムスイッチが入っている電気釜からは白い湯気が立ち上っている。それでも部屋の温度は五度少ししかない。

豆炭が熾きるまでに洗顔を済ませ、ストーブの上にやかんを掛けた。子供の頃、祖母が熾こしていた豆炭は真っ赤っかだったが、この頃のは少し赤くなればオーケーだ。これだけしておけばまずまずだ。口には出さないが、この家でまともなのは自分しかいない。大人達は四人とも水俣病の患者だ。自分が動くのは当たり前なのだ。律子がいなくなって三度目の冬を迎えて、明は朝だけはこの仕事を自分の役目としてきた。

母の奈津江が起きてきた。

「おや、ありがてや。暖《あった》こて」

母のそんな言葉を聞きながら、明は新聞を取りに出ようとしたが、裏口の戸が開かない。

「駄目だ。雪除けが先だ」

明は長靴を持って玄関へ回った。玄関先から道へ出る小路を除け、続いて裏口の前まで除けた。ようやく開き戸が開けられた。

勢いよく体を動かして家に入ると、祖母と父が起きていた。

父に新聞を渡すと、祖父を迎えに奥へ行き、背負って来て炬燵の定位置へおろした。座椅子をあてがってやっていて、明は父がパジャマのままなのに気付いた。いつもなら、仕事着に着替えてから食べ、すぐに出かけるからだ。

「どうしたん？　この雪で休み？」

「うーん」

明の問いに孝造は生返事をしただけで、屈んで新聞を読んでいた。

「休みではねえろも。休みなせて言うたんだ」

奈津江が孝造に代わって言った。

「母ちゃん、お前も休まっしぇ」

祖母が言った。

「二人して休まんねわね。風邪でもひいてれば別だろも」

食事を済ませた奈津江はそう言って、弁当の保温ジャーを持って出かけた。

「こんげに曲がってしもた」

孝造がそう言って、自分の片手をひらひらと振って見せた。

「箸、持たれっか。じいちゃんみてにスプーンで食うか」

「箸は持たれっろも、シャベルを持っても力が入《へえ》らんし、ちっと動いただけで足は攣《つ》るし
仕事にならんてば」

「寒めと良うねしなあ」

孝造ときみのやりとりに、春男が加わった。明は父が読み終わった新聞を見ていて思った。シャベルが持たんねば土方はならんろ。それでもじいちゃんの言うように冬場だけで、春になれば大丈夫だろうか。それなら冬場はずっと休み続けるのか。一抹の不安が過った。

「ずっと休むんだ?」

そう聞いてみたかったが、なぜか言葉が出て来なかった。

「おらうちは、手が先だの。じいちゃんもそうだったし、お前もだし。おらも曲がってしもた指が痺れてたまらんがの」

祖母の言うのを聞いていて、仕事に出て行った母はいつも頭痛が取れたことがないと言っているのを思い出した。

「頭は痛うねんだ、ばあちゃん達は?」

「母ちゃんほどでねえな。薬を飲まんば仕事がならんことはねえすけ」

「じいちゃんも?」

「その代わり、目と足がまるっきり駄目だがの」

祖母がこくんと首を落として言った。

春先までの二、三ヶ月、母の働きだけで五人が生活して行くのか。暮れの間蒲鉾工場で働いて貯めた金は、いずれ車の免許を取って中古車を買う予定にしているのだが、車どころか次の月謝分にしなければならないかも知れない。車を買えば家族が診療所へ行くのに便利になるし、喜ばれるとその日が待たれるのだったが、それどころではないか。明は新聞に視線を落としたまま、そんなことを考えていた。

「着替えて、診療所へ行って来い。先生に見せんば」

「見せても、薬が変わるわけでもねえがの」

「そんでも行って来いや」

きみはしきりと孝造を急き立てた。

三月。明がバイト先から患者会へ出て九時過ぎに戻ると、孝造が炬燵に入ってテレビを見ていた。

「アルバイトもいいが、学生なんだすけ勉強もしねば」

父のそんな言葉を聞き流しながら、明は粕汁の鍋を火に掛け暖まるのを待って丼に盛り、保温ジャーからほかほか湯気の立つ飯を盛って、炬燵に足を延ばした。

「どうだった、会は?」

「いつもとおんなじさ」

「結論は出ねか」

　年の初めに支援者達や弁護士から、裁判を起こしたらどうかと持ちかけられていて、患者達は彼らの意向は薄々感じてはいたが、いざ、結論を出さねばならないとなると、誰も尻込みをして、話はなかなかまとまらなかった。

　昭電は証拠を隠滅してまで責任を逃れようとしているし、国や県も及び腰で患者の救済に消極的だ。このままでは患者側に納得の行く交渉は無理だ。思い切って裁判に訴えて世に問う方がいい、との弁護士や支援者達の言うことはもっともだと皆思うのだが、一人として口火を切る者はいなかった。患者達は戸惑いを隠さなかった。彼らは自分たちだけの時は思うところを様々に言い合っていたが、支援者達との会合では言葉は萎んだままだった。折角自分たちの為に手間暇掛けて何度も集まりに出てきてくれる彼らに済まないという思いもあったし、簡単に乗って後から後悔するのではないかとの恐れも大きかったのだ。何よりも裁判に訴えるという行為が、途方もなく想像を超えるもので、可もなく不可もなく平凡に暮らしてきた漁師や職人や百姓である彼らには馴染まないものであった。

　そんな彼らに、支援者達は次の会合まで結論を出して置いて欲しいと言って帰って行ったのだが、その会が明日なので、患者会として意見を纏めなければならなかったのだ。

しかし、田辺さんの一言もあったし、それを翻らせる意見を言う人はいなかったのだ。何度集まっても一向に話が進まないとは、その都度、ぼやきも含めて家族に報告していた。

「そういう父ちゃんはどうなんね。裁判になったら、仲間に入るんかね」

「なりそげでもねえねっか」

聞かれたことに答えず、孝造はそうだろというふうに呟いた。

「わからんよ。誰《だっ》か一人がやろうと言えばなるかも知んね。ならんかも知んね」

「金の話は出たか？」

「金って？」

「裁判を起こすとなれば、要るんでねえんか、幾らかは」

「金が要ると分かれば、尚更声が上がらんろ。みんな迷てんさ。もし、負けたらどうなるんか。田地も屋敷も無うなるんでねえかってことは、毎回、必ず誰かが言う。ってことはそれが心配だって事だろ？」

小さく頷く孝造に、明は言葉を続けた。

「近藤さんは生活保護をうち切られるんでねえかと心配してるげだなあ」

「なしてか？」

「国に楯突くすけさ」

まさか、と言う孝造に、

「それとこれは別の話だとはおれも思うし、その心配はしんたっていいとは言うても、確証はねえろがね、て言われればその通りだし。その辺りを支援者や弁護士も来る時に聞いてみるて、竹内さんが言うたら、それは話が煮詰まってからにしてくれて、言うた人がいたりで複雑なんさ」と言った。

「生活保護の世話になってれば、出せる金なんて無えろしなあ」

「いっそ弁護士やあの人達にざっくばらんに打ち明けてみればいいんさ。おれはそう思う」

「間違うても、そんげな事言うな」

またか。明は腹の中ではうんざりしていたが言葉にはせず、少しの間を置いて言った。

「今頃になって、また補償金の話を持ち出す人もいるし。一旦決めて置いて、自分らが腹を決めらんねもんだすけ、裁判に金を掛けて果たして勝てるかどうか分からねんだば、そんげなとこに金を掛けねで、補償金を貰うた方が確実なんでねえかなんてさ」

「ふーん。賛成する人《しょ》はいたんか」

「竹内さんが噛んで含めるように、それは受け取らんと決めたことだ。熊本の例を、佐々木さんから何度も聞いて、あそこの二の舞はしねと決めたんだすけ。一度貰うてしもえば、二度目の交渉は無えんだ。おれたちの一生を補償してくれる額だばいいろも、熊本の例を見たってそれは考えらんね。この体はいつか働けるようにはならね。死ぬまでこのままなんだ。治す薬はねえんだすけ、て」

「佐々木さんて誰だ、支援者か」

「弁護士さ」

ああ、と孝造は頷き、

「面倒だな。団体で決めんばならんのは」

明でも歯痒い思いを何度もしてきた。いい加減うんざりしているというのが本音だが、しかし、自分が先頭に立って、気乗りのしない者もいる会を、敢えて裁判へ引っ張ることはしたくないという、竹内さんの気持ちも理解できた。

それにしても父のまるで他人事のような言葉に、明は呆れた。

「お前《め》さんだって、進んで決める気はねえんだろ。もし、会で裁判と決まれば乗るんかね」

いつの間にか孝造は、炬燵の中へ両手を入れて足を揉み続けていた。痺れているのか、こむらがえりになるのを避けてゆるゆると揉んでいるのか。まだ仕事には出られないのだろうか。こんな思いは母や祖父母にではなく、姉にだったら本音で話せるのだが、今は出来ない。

「みんなが参加するとなれば考えんばなあ」

「人の後からくっ付いて行くんかね。やっぱ、うちは母ちゃんでねば駄目だ」

明は笑いで誤魔化した。気を悪くするかと思えば、父は明の言葉を認めるように、

「少し《ちっと》元気になったかと思えば、またやらかしてるげだ」

と独り言のように言った。

「それでいいんだて。誰《だっ》かが言わんば腰を上げね人《しょ》には、母ちゃんみてなんが必要なんだ」

どこの誰に何を言っていたのか。明は、以前に祖父が母を認めていた言葉を思い出しながら言った。久し振りに母の薦めを聞いた人が、父にそれを漏らしたのか。

「生活の保障や医療費の保障だけでのうて、原因をきちんと究明することを要求するとなれば、企業だけで収まらんで、国も県も被さってくるんだが、大抵でねえろう」

そう言う父の言葉を聞きながら、またも、これまで散々語り尽くしてきたことを繰り返

し言うのか。他人がいるわけでなく、親子で話しているだけなんだ。裁判に訴えなければ、患者達の要求は実現しないから提訴した方がいいに決まっていると分かっていることを、すぱっと語ることが出来ないのか。父も余所の親父達と変わらないと思った。いや、会では閉じている親父達の口も、家族だけの時は案外本音を出して、口角泡を飛ばしているかも知れないのだ。

切れ切れの時間でしかないが、時々父と話していて感じる歯痒さを思うにつけて、弁護士や支援者達と患者達の間に入って、返事を求める側に猶予を願いながらも、患者達に急かせることはせず、あくまでも一人一人が納得できる結論が引き出されるのを待っている、竹内さんの懐の深さを思っていた。

時を置かずに集まった患者達は、竹内さんの報告に驚いた。彼を見上げているどの顔にも一様に、ほおう！　といった感歎とも驚嘆ともつかない、内心の呟きが現れていた。

「先程も皆さんの所へ電話でお知らせした通り、一日市の村尾さんが提訴に踏み切ったと、佐々木さんから連絡がありました。支援者の皆さんや弁護士の先生方は我々被災者の会から決断をくだす声が上がらず、内心がっかりして帰られたようでした。ここから帰った後、佐々木さんと二、三の人が村尾さんの所へ回られたようです。ちょうど息子さんの命日なのを佐々木さんが思い出して、お参りに行かれたげなんです。私もそれを聞くとすぐに駆けつけ、よく決心をしてくれられたと激励しました。佐々木さんから会として承認して欲しいと言われましたので、皆さんも多分、村尾さんの勇気ある決断に異議を言われる人はいないと判断しまして、勝手ではありましたが、被災者の会としても出来うる限りの協力はしましょうと伝えてきました。いやあ、我々がなかなか決断出来んかったのを、村尾さんは潔く闘うと決められた。感激しました」

竹内さんもめずらしく興奮気味で言った。

村尾さんの所では、長男を劇症の水俣病で亡くしていた。親たちは息子の将来を奪った水俣病という病気が憎いのもあるが、それ以上に企業が無責任にもメチルを含んだ工場排水を垂れ流し続けたことが原因であり、企業道徳の欠如と怠慢に怒り、対決しようと立ち上がったのかと、明は竹内さんの話を聞きながら思っていた。

「あそこは大事な跡取りを亡くしてんだが」

「入院した大学病院が、この病気だとわがってて教えてくんねかったすけ、家《うち》ん人《しょ》は栄養を付けてやろうと、毎日活きのいい川魚を刺身にして運んでたげな。騙さったとすげえ怒ってたんだが」

「そやんだ。新聞にまで出てたがのう」

集まった人々は一時、村尾家が提訴に踏み切って当然だと、口々に言っていた。

「そこでだが、会として一丸となって裁判を起こすというやり方は取らず、村尾さんと共に闘っていこうと考えた人が、裁判に参加するとしたらどうだろうか。と言うより、私としてはここまで話し合っても会としての結論が出せなかったのだから、あとは個人で参加という形を取りたいと考えます。ご承知置き下さい」

めずらしく竹内さんは毅然とした言いようを見せた。みんなの煮え切らない様子に踏ん切りをつけたかったのかと、明は思った。

「会長さん自身はどうするんね」

清水さんが聞いた。

「私は会の責任者として、あくまでも裁判には協力して行くつもりです」

少しの沈黙の後、竹内さんが言った。

「佐々木さんが、以前に一軒一軒皆さんの家まで行って、裁判のことは説明してくれられた。だから、家の人も裁判ていうても何が何だかよう分からんて事はないわけで、よく相談してそれぞれ結論をつけてください」

いつもよりやや緊張気味に言葉を選びながら、竹内さんは報告を終えた。

一月以来、何度このことで集まっただろう。結論が出せないまま今日まで来て、支援者側と歯切れの悪い別れ方をしたのだったが、何時間もしないうちに、たった一人の決断で大きく事態が急変した。とうとう片が付いた。これはもしかしたら大変な決断なのではないだろうか。相手は昭電だが、場合によっては国の施策にまで文句を付けて闘うのだから。世紀の決断と言っていいかも。とてつもない枠の中に入ってしまったのか。体が震えた。

「米川君、これからが本番だ。忙しくなる。今まで以上に頼むさね」

明は、つい先程、竹内さんに呼び止められて、そう言われた事を思い出していた。おれが裁判に関わることになるんだ。そう思うと、ぶるっと身震いが出るほど気が高ぶった。

帰宅すると、めずらしく母や祖父母達も起きていて、明の帰りを待っていた。

「お前《め》の役目も今日で終わりだの。大ご苦労だったたれ」

明が報告し終えると、祖母が言った。

「それで、誰《だっ》か出る人《しょ》がいるげだか」

「どうかなあ」

いるげだかはねえろ。おれんとこはどうするって言うんなら話は分かるが。明はまたも父の言葉に反発を覚え、内心でそんな呟きをしたが、それには触れず、短く答えた。

余所の親父達とおんなじだ。まるっきり他人事みてな言い方しかしね。駄目だ。

この消極的な親父が、祖母の言葉を打ち消すように、なんで終わりであろうばとは言うわけがない。帰りの道々、明を駆り立てていた軽い興奮は、祖母の言葉で躓《つまず》きかけた。たったあれだけの言葉で萎んでたまるか。明は簡単に萎んでしまいそうになった自分を叱った。

そんなことを思いながら、一方で、もしかしたら、自分が帰ってくるまで家族が話し合っていて、祖母の言葉は家族全員のものだったのか。

「裁判を起こすことに一応の決着は付いた。だすけ、もう役目は終わったと、ばあちゃんは言うたろも、これからが本番なんよ。姉ちゃんは患者ではねがったろも、水俣の風評に押し潰さって死んでしもた。哀れでならんろ、ばあちゃん」

ああ、とうとう言うてしもた。禁句のように律子の死は、ずっと家族の口を閉じさせていた。涙なしでは語れないと知っていたから、特に母の奈津江のいる所では神経を遣っていたのだ。それを明はさらっと出した。意識して出したわけではない。たまたま出てしまったのだ。明から向けられた問いに、祖母のきみは、

「律のために、お前《め》はどうするってか?」

と逆に聞き返した。

「おらうちもそうだし、患者会に入っていね未認定の患者達だって、おんなじ風評に苦しめらってる。姉ちゃんを助けることはならんかった分、患者達の為に竹内さんの手伝いをするんさ。いいろ、ばあちゃん?」

祖母に向けて喋ってはいても、明は父へ決意を伝えたつもりだった。

「そのために、支援者や泉さんがいるんだがな。お前では力不足だ。学生なんだすけ、本業に戻れ」

やっと父の本音を引き出した。明は今度は面と向かって、この頃は癖のように足を摩《さす》り続けている孝造に言った。

「患者会で授業をさぼったことはねえっけね、父ちゃん。泉さんも勿論そのつもりではいると思う」

「そんだば尚のこと、止めれ。周りがうるそうてならんわや」

「何か言われっすけ止める。いっつもそれだがね。おれは続けるつもりだっけね。患者達と何だかんだと言い触らしてる周りの人達の間に入る者は必要だと、おれは思う。狭め地《せえち》域で人さえ見れば、あれはスパイだの回し者だのと、疑ってかからんばならんのも哀れだし、わざわざ金盗人《ぬすっと》だの、強欲たかりだのと書いてハガキを出して、嫌がらせをしてる人もいたり。まるで敵《かたき》同士みてだ。道で会うても挨拶もしねとかさ」

「間違うてもそんげな事、外で言うな」

孝造の、どうしようもねえとの含みを込めた言葉に、明は軽く笑って言った。

「父ちゃん、おれだって子供でねえてば。出過ぎたことはしねて。ただ、こんげな病気が広がらんかった頃みてに、道で会えば誰とでも気持ち良う挨拶し合えるようになればいいと思うだけさ。それと泉さんの役とおれの役は違うぐれえは弁えてっから」

竹内さんもきっとそれは心得ているから、泉さんの後でおれに声を掛けたのだろう。

しっかり走り回る。明は、竹内さんのあの太い指でぐっと握られた時の手の感触を思い出していた。

川風

家の前に、安子叔母と男と女の人がいた。二人とも瞳の知らない人たちだ。彼女の運転する車が家の小路へ入ってくるのを、三人は話を止めて振り返る形で見ていたが、叔母がまた話し始めた。男性が短く答えて、女性が頷いていた。

瞳は車から出て、三人の方へ歩いて行った。

「瞳ちゃん。あんたが帰《け》って来るのに合わせて来たんだて。この人は米川先生と言いなさって、うちの誠の中学ん時の先生だったんだろも辞めなさって、今は事務局長をしていなさるんだわ。こっちの人は三浦さん。看護婦さんだて。じいちゃんに会いてんと」

叔母の言うことは半分も分からない。瞳は分からないまま会釈して、言った。

「何でしょう」

米川という人は、瞳に初対面の挨拶をしてから、言った。

「これまで何度か佐吉さんを訪ねて来てましたんだが、なかなか会われませんでね。それで山田さんにご足労をお願いに行ったら、夕方、お嫁さんが勤めから帰る時間がいいだろうということで。夕方で忙しい時間に申し訳ないですが」

その通りだ。家の中ではじいちゃんと息子の秀が空きっ腹で待っている。一刻も早く家に入って、何をするより先に秀のおむつを換えてやりたい。じいちゃんの曲がってる両手の指は、いつも小刻みに震えている。そんな手とぼやけている目で、一時もじっとしていない秀を摑まえておむつを換えてやることは出来ない。昼休みに飛んで帰ってきて、おむつを換えてやり、一緒にお昼を食べると、また会社へとって返すのが日課なのだが、半日つけっぱなしのおむつはたっぷりのおしっこを溜めて膨らんでいるのだ。

叔母が、じいちゃんの目もあやしげで、ものが霞んで見えるとか、耳もかなり駄目になってるとか、さっきから同じ事を繰り返し喋っている。聞いている人たちが何度も頷き返しているのを見ていて、瞳は、気長な人たちだな、と思いながら、じいちゃんに用事って？事務局長とか看護師とかそんな人が何の用だろうと思った。

「今、玄関の鍵を開けますから、どうぞ」

そう言って、瞳は裏口へ向かった。

耳が遠く、足も悪いから殆ど外へ出ない佐吉は、日中、人が来ても話が聞き取れないのもあって会いたがらない。それで玄関も裏口も鍵をして行けと瞳に頼むので、三人きりの生活になって以来、出かける時は鍵を掛けるのが習慣になっていたのだ。

いつもと違って、家に入るなり、慌ただしく茶の間へ駆け込んで来ると、ひょいと秀を抱き上げて、

「じいちゃんに会いたいって二人も来たよ」

と佐吉の耳元で声高に言い置いて、さっと出て行った瞳の後ろ姿を、彼はぼやけた目で追いながら、

「ん、なんだってや？」

とぼんやり呟いているうちに、たちまち佐吉の長女安子を先頭にぞろぞろと彼の周りに人が集まってきた。瞳を入れて四人でしかないのだが、佐吉には思いがけずの襲来で、不意打ちを食らって混乱した頭では舌打ちする間も与えられなかった。

瞳が秀を足下におろして、ガスにやかんを掛けていると、安子叔母が二人が今日来たわけを話し始めた。

「あんのう、じいちゃん。この人たちは水俣病の事で来てくれられたんだで。今までも何遍も来てくれられたんだろも、いっつも鍵が掛かってて会わんねすけ、そんでおらんとこへ来られて、会わせて貰いてと言わっての。そんだば瞳ちゃんの帰《けえ》る時間に合わせて来た方がいいろうと思うての。事務局長をしてられる米川さんと看護婦さんだで」

身を乗り出して一段と高い声で喋っている安子の前で、紹介された二人はじいっと佐吉の様子を観察していた。叔母が喋り終わると事務局長という人が言った。

「突然、押し掛けて来てたまげさせましたね。新潟水俣病の事務局を担当してる米川です。もともと津島屋の者《もん》です」

そんな挨拶の後、彼は今日尋ねてきた趣旨を伝えた。

瞳は、ポットと茶道具を安子にまかせて、隣りの部屋で秀のおむつを換えながら、話を聞いていた。

「どうでしょうね、山口さん。一度健康診断を受けてみませんかね。山口さんの都合のいい時に私が案内してもいいですが」

この度、新潟水俣病の訴訟に加わっていない人達が、四回目の訴訟を起こすことになった。おそらくこれが最終の提訴になるだろう。それで長年自分が水俣病だと気付かないいま、今日まで来ていた人を掘り起こして、関係機関の診察を受けて、水俣病の申請書を出せるように手助けする為に、人づてに聞いた人の家を回っているのだが、ここへも何度か来ていたのだと説明していた。瞳の所まではっきりと聞こえた。

なあんだあ、あの病気の事かあ。そういえば、叔母さんはずっと前に申請したけど認めらんねで、未認定患者なんだと言ってたなあ。それで、事務局長って人を知ってるんだ。

佐吉の返事を待っているのだろうが、何も言わない。少しの沈黙の後、再び叔母が佐吉に言った。

「じいちゃん、米川さんの言わった事《こど》、わがったげ?」

「はあ。ようわがりましたでね。済まんかったですね。おらのために何度も足を運ばせてしもて」

佐吉は、安子から向けられた問いを、米川さんに向かってかしこまった口調で答えた。

「おや、いがった。黙ってっすけ、聞こえねんだかと、心配《しんぺ》したわの。どうする、おらと行ってもいいんだで。それとも親切に言うてくれなさる米川さんに一緒に行って貰《もろ》うけ?」

「どげ行ぐてが?」

今度はいつもの喋りに戻っていた。気の抜けたような佐吉の声に、きっと叔母は眉を顰めただろう。隣りの部屋で聞き耳を立てていた瞳は、そんな風に思って苦笑した。

「山口さん、失礼してちょこっと足にさわらせて貰いますね」

三浦さんの声だ。医療関係の人が一緒に回っているのは、多分専門的に判断する必要があるからだろうかと、瞳は三浦さんの落ち着いた声を聞きながら思った。

佐吉にとって、水俣病で他人から問われるのはおそらく初めての事だろう。予期しなかった客からの、触れられたくない問いだったろう。だから敢えて、どげ行ぐてが、と言ったのだろう。佐吉の精一杯の抗いではなかったろうか。瞳にはそう思えた。みんなして、じいちゃんをとっちめてる。分かってやればいいのに、と叔母の世間並みの勧めに反発を覚えた。

聞くまでもないことだ。今更、誰が訪ねて来て佐吉を促そうとも、彼が、そうだか、と思い直して腰を上げるとは考えられないのに。

叔母は、米川さんたちの手前を繕ってあんな風に言ってるんだろう。そして、少しは人前って事も考えんば、じいちゃん。苛々しながら、そんなふうに思っていることが、瞳には手に取るように理解出来た。

「歩くのも難儀でしょう。お孫さんの面倒を見ていなさって大変ではありませんか」

三浦さんがじいちゃんに聞いている。

「なんで大変《てえへん》でなんかありましょうば。あれが居っすけ退屈《てえぐつ》すっこともねで、一日があっと言う間ですがね」

「それは何よりですね。じっきに保育園ですね。お孫さんの成長に負けないように、安心して治療が出来るように先生の診察を受けませんか」

叔母には遠慮のない言葉を返しているじいちゃんだが、果たして三浦さんにはどう言うか、瞳は耳を澄まして待った。

「ま、今んとご、いいな」

いっとき静かになった部屋の中で、佐吉がぼそっと言った。力のこもらないその口調には、それとこれは別だ、そんな思いが込められているように聞こえた。まるで押し売りを断ってるみたいだ、と瞳はおかしく笑いが込み上げてきた。

素っ気ない佐吉の返事に、多分三人は力落ちしただろう。いや、叔母はずっと前からじいちゃんの気持ちは知ってるんだから、がっかりした顔をしたとしても、それは勧めに来てくれた人たちの手前繕ったものだ。

「申請書を出して認定されれば、国や企業からの損害賠償も補償されて、安心して治療に専念出来ますがね。万が一、認定から外されても、被害者全員に保険手帳が出ますしね。そうなれば安心ですがね、山口さん」

米川さんはじいちゃんの言葉を気にするふうでもなく、佐吉に説明し続けた。聞きながら瞳は根気のいい人だなと思っていると、また続けて言った。

「山田さんの話では、一度も医療機関へは行ってないそうですね」

「はあ。おら、別にどっこもおっかしげなとこもねえしね」

「山口さん、ほれこの指もこっちの指も反り返ってますでしょう。こっちの手もね。両手がこんなでは不自由でしょう。痺れていませんか。お箸もよく使えませんでしょう。小刻みに震えもありますしねえ。年寄り病だと言いなさるけど、見たところ足も思うようでないでしょう。こむら返ったり、ひきつったりしませんか。これは年寄り病ではないと思いますよ。きっと前から我慢し続けて来たんでしょう。そうでしょう、我慢強いから山口さんは。でもね、これはみーんな水俣病の症状としてあるんですよ。一度先生に診て貰いましょうよ、ね」

三浦さんも、米川さんに負けないくらい根気よく、じいちゃんを説得していた。もしかしたら、じいちゃんその気になるろっか。あんげに優しく言うて貰《もろ》てと、瞳が耳を澄ましていると、やがてじいちゃんがかなり威勢よく、

「なあにね。俺《おら》んのは、年寄り病ですがね。死ねば治るんですわね」

と言った。小馬鹿にした言い方だ。瞳は聞いていてどきっとした。

それはないよ、じいちゃん。瞳は心の中でじいちゃんに語り掛け、もしかして、米川さんたちが気を悪くしたろうか、と案じた。厚意で何度も足を運んできてくれた上に、今日

なんか勤務時間もとっくに過ぎていても嫌な態度も見せず、ひたすら患者の身になって来てくれてる人に、身も蓋もない言いっぷりだ。瞳にはそう取れた。

じいちゃんにしてみれば、年寄り病としか言いようがなかったのだろう。腹を割って、いや、実はこれこれのことがあって……などと委細を話す気は毛頭ないのだ。家族の私でさえ聞いた事がないんだから。なぜ私がじいちゃんの気持ちが分かってるかと言えば、去年死んだ中ばあちゃんから聞いてたからだ。そのばあちゃんですら、舅のじいちゃんの気持ちをとっくりと聞いたわけではなく、憶測と同情で、ばあちゃん自身も体が難儀かったらしいけど、じいちゃんに合わせて申請は出さんかった。こむら返《げ》って痛うてならんと、大《お》っきなサロンパスを両足のふくらはぎに貼りながら、じいちゃんの居ないところでは、こんげなもん気休めにもならんろもとかぼやいてた。じいちゃんも知ってはいたと思うけどなんも言わんかった。

ばあちゃんの死因は胃癌だったろも、もしかして、あの毒が胃を痛めたって事は考えすぎだろっか。まるっきり関係ないと言えるんだろっか。

「この病気は性悪で、薬を飲んでも、注射を打っても、すっきりと治るわけでもないのが困るところなんですよね。でも、さっきも事務長さんも言われたように、一度診て貰って、長年病気と闘って来たんだと、意志表示した方がいいですよ。ね、山口さん、ちょうどいい機会ですよ」

ぼんやりと考えに浸っていた瞳の耳に、三浦さんのまたも根気よく誘う言葉が聞こえてきた。

しかし、佐吉は聞こえなかったのか、聞こえても何度も同じ事を言わすなとの思いで無視したのか、応答はなかった。

佐吉の返事をねばり強く待ち続けている米川さんたちに、沈黙は申し訳ないと思ったのか、叔母が口を開いた。

「それだが先生はなんともねえんですかね」

「はい、どうにか。親たちはやらってましたね。未認定のまま終わりましたがね」

「おやあ」

「今日は佐吉さんに会われて良《い》がったです。また、寄せて貰《もろ》いますが、尚も考えてみてくれませんか。今日はこれで失礼しますね」

秀を抱き上げて見送りに出た瞳に、米川さんが言った。

「夕飯時に上がり込んで済まんかったですね。おじいさんに一言口添えしてくれませんか。

頼みますね」

「今ん人《しょ》、津島屋だて言うたな？　津島屋の米川かあ」

事務局長を見送った後、すぐ帰るものと思っていた安子叔母は、瞳と一緒に再び佐吉のいる、台所と続きになっている茶の間へ戻って来た。

その叔母に佐吉が語り掛けた。

「ああ、そうだでえ」

「水俣病だと騒ぎ出した頃、あそこん所《とこ》の娘がどっかの山ん中で死んでたんでねがったか」

「そうやんだ。先生の姉だがの」

「それって、もしかして自殺？」

えっ！　という表情で瞳が聞いた。叔母が無言で頷いた。

「そんげな人《しょ》が水俣の仕事をしてんか」

「だすけ、進んで水俣病になった人の為に働いてくれてるんでねえんけ」

「ふーん。そんげなもんだか」

「先生をしてたんですか」

再び、瞳は二人の話に割って入った。

「人の話だと、親の大反対を押し切って、なったばっかしの先生を辞めて、本腰を入れたとか聞いたで。あの時分、この辺りから大学を出て先生になった人は滅多にいねかったすけ、親にしてみれば、ゆくゆくは校長にだってなれっかもしんねてがんに、惜してならんかったこての」

「先生をしてれば安定した職業だしねえ」

「折角大学までやって、親にしてみれば歯痒かったこて」

「すごい勇気だわ」

「奥さんになった人が診療所《しょ》の看護婦だったんと。助《す》けてくったんろ」

「助けてくれた？」

「経済的にさ」

夕飯の支度どきに来るからと、叔母は気を遣って豚汁を作ってきていて、それで夕飯を済ませた後も、長々と佐吉を説得し続けていた。

秀が眠ってしまわないうちに、風呂に入れ寝かしつけても、まだ帰ろうとはしなかった。

「今も言うてたんだがさ、健康手帳を貰《もろ》て目医者に行けば、少《ちっ》しは見《め》えるようになっかもしんねし、あっちこっちにぺたぺたと貼ってるサロンパスも買わんたって、医者から貰える。瞳ちゃんの財布も助かるねっけってさ。そうだろ？」

テレビも消され、所在なさそうにしている佐吉の隣りへ座った瞳に、叔母が言った。

「じいちゃんだって年金があんだっけ、薬代には困らんわね」

「そんでも、それらを医者から貰えれば無料《ただ》だねっけ。年金はその分残るねっけ。どこの年寄りでも、みーんな小金を貯めてるんだで。余所の年寄りみてに、じいちゃんも秀ちゃんが保育園に行く時のかばんや靴を買うてやりてろげ。保育園へ行くようになっと、じっき学校だがの。机もランドセルも買うてやりてろげ、可愛いひ孫だんが。そのためにも小金は要るねっけ」

瞳は、内心でえぇっ、と驚いていた。まだ誕生日が過ぎたばかりの秀の保育園だの学校だのを持ち出して、じいちゃんを追い立てている叔母の気持ちが理解出来なかった。何も言わない佐吉に代わって、瞳は言った。

「叔母さん。じいちゃんは昔っから医者にはかからんて決めてるねっかね。死んだ中ばあちゃんもそうだったし。じいちゃんの気持ちは私より、よっぽどよく知ってるろがね」

「ああ、よう知ってるわ。そんでも、瞳ちゃん、世の中は変わったんで。この水俣病でさえ、昔とは雲泥の差だねっけ、世間の風当たりがさ。米川先生たちが一人でも多く、まだ申請を出してね人《しょ》を掘り起こさんばと、一軒一軒回ってっと、あそこの家へ行ったか、どこそこの年寄りもそうでねえかとか、教えてくれるげなんだわ。昔だば、そんげなことをしてる人にさえ嫌みを言うたもんだろげ。お前《め》さんの生まれるずうっと前《めえ》の話だろもさ」

「時代が変わったっけ、考えも変えれって？」

「変えんたっていいって、思うんけ。瞳ちゃんは」

「私じゃない、じいちゃんの思いだわ」

「じいちゃんも昔はこんげに頑固でねがったんだども。これだけおらが言うても聞かねんだすけ、瞳ちゃん、何とか説き伏せてくれね。結果としてはおめさんも助かるろ？」

　私が助かる？　どういう事よ！　私でなく、叔母さんがいい顔したいんだろうがね、さっきの米川さんとかに。その人が何度来ても会わんねかったじいちゃんに、自分が来て会わせ、一言口添えをして従わせた。そう思わせたいんだろうがね。

　瞳は内心でそんなふうに呟いてはいたが、言葉には出来なかった。やろうと思えば出来ないわけではないが、気まずさが残る。日頃、何かと助けてもらっている身としては引っ込めざるを得なかった。

叔母さんに言われるまでもなく、早晩、秀は保育園へやるつもりだ。今はまだヨチヨチ歩きだから家の中で遊ばせておけるが、何時までも閉じ込めてはおけない。外遊びをさせてやりたい。同じ年頃の子供達と遊ばせたい。でも、秀を離したら、じいちゃんは一日中一人だ。さびしくなる。それともやれやれだろっか。ちょろちょろ動き回る子供の世話は、確かに大年寄りには重荷なんだから。

日中、秀から解放さって、じいちゃんはまた大っぴらに煙草が吸える。その時が来たら、好きなだけ吸うていいよ、て言うてやろう。

じいちゃんがあんましすぱすぱと吸うすけ、体のちっこい秀に毒だっけ、加減してくれねと頼むと、じいちゃんは口寂しいらしく、火のついてない煙草を口にくわえてるようになった。ある時、仕事から戻った瞳は、煙草をくわえた二人が、じいっとテレビの画面に見入っているのを見つけた。その秀の姿は、佐吉の相似形だった。おかしさを通り越して、瞳は秀の口から煙草をひっつかんで抜いた。幸いにも、くわえたばかりだったらしく、フィルターは心配するほど濡れていなかった。

「じいちゃん！　ほれ、見てみた！　これ全部噛んでたら、秀は死ぬよっ」

瞳の金切り声に、しかし佐吉は動じもせず、自分の股の中にすっぽりと収まっている秀の顔を、上体を屈めて眺め、

「いつの小間にめっけたや、うん？」と問うように言った。

「お前《め》も爺《じい》みてに吸うてみてかったんか。駄目なんど、赤だすけな。ほら、ママが怒鳴ってるがな。二度《はえ》とすんなや」

気の抜けた口振りに、瞳はまたもカッカしたものだった。少し時間が経ってから、あれが煙草でなく、煙草に真似たたとえばちびた鉛筆だったら、怒る前に一笑いしてただろうか。いや、それだって危険な事には変わりはないから、口から取っただろう。危険は家の中にも無数にあると改めて思ったものだった。


大昔、まだ瞳も秀の父親だった勝彦も生まれていなかった頃、近くの阿賀野川で発生したメチル水銀による末梢神経が冒される病気が発生した。何年も前に、熊本県の水俣湾で原因を同じくする病気が多発していたところから、新潟水俣病と名づけられた。

働き盛りだった佐吉は、原因不明の手足の震えや痺れに悩まされた。しばらくすると、

大した段差でもないところでけつまずく事が多くなった。春の田植え時だったから、倅の嫁と二人でこなしてきた農作業が、一気に嫁にかぶさるのを心配した。月給取りになった倅の政雄は、休みの日だけ田畑に出ていたが、それだけでは足りなくて早朝から田に出て、朝飯前に一仕事する日が続いた。疲れを溜めたのか、いち子の実家の手を借りようかと、倅に問われて、高々飯米用に毛が生えたくらいの田に、人の手を借りる事は、佐吉にとっては恥の上塗りをするようで気が進まなかったが、体が利かなくてはどうにもならず従うしかなかった。

畑の方は嫁に任せ、家の周りの雑事をこなすのも余るようになり、気ばかりが急いて、体は思うように使えなくなってしまった。痺れる足をかばいながらも田に入れた頃はまだよかった。少しは家の役に立っているとの自負も持てたが、それも出来なくなると一気に気弱になり、「どした、おやじ」と倅に気遣われるほどだった。

「まるっきり、怠け者《のめしこき》になってしもた。こんげな役立たずもあろば」

嘆きとも、諦めともとれるそんな言葉を聞く嫁のいち子にしても、舅の佐吉の変化は異常に思われた。もともと、口数が少なく、進んで自分の意見など言わない人だとは知ってはいたが、いち子の前ですらそんな愚痴を出してしまうほど気力を失い、我が身でありながら手のほどこしようもない、しつこい痛みと痺れの扱いに、精も根も果てたようだった。

そんなある日、裏口から出た佐吉は、別に用もなかったのだが、天気に誘われてぶらっと道の方へ歩いて行くと、ちょうど通りかかった隣家の嬶《かか》さに出くわした。

佐吉と変わらない年格好の彼女は、気ぜわしげに歩いてきた足を止めて、佐吉が近くまで来るのを待った。

「おら、お前に酷え目にあわさった。さもさも親切げに、毎日《めえんち》のようにおらん所《とこ》や喜平次ん所へ魚を配ってさ。それが何と毒にやらって参《めえ》ってた魚だったんてのう。お陰で、おら家の者《もん》はみーんなあっちこっちおっかしげになってしもたがの。喜平次ん人も言うてたで。ほんね、とんだ親父だわや。おら、本気に恨むで。死んでも怨みは消えねすけの。こんげな体にさってしもて」

もともと、腹にあるものは全て出してしまわねば治まらない気性のおなごだとは知ってはいたが、突然、闇雲に突っかかられて、佐吉は息を飲んだ。杖に寄りかかりながら、腹の中で、なんだってや、おれがなにしたってや？　と呟いているうちに、またもや嬶さは声高に続けた。

「お前《め》も毎日《めえんち》テレビを見てんだろうが、おらたちがどんげに言わってっか、知らんわけはねえろげ」

「テレビがけ？　なに言うてるってけ」

「とぼけらしゃんな。春先からこっち、まるでここらが鬼門みてに言わってってるねっけ」

ここらがか？　なんで鬼門だてか？　この嬶、なにを言うてんだやら。

佐吉はまともに付き合うのが面倒になって、一歩さがった。どっか知らんろも、行くところがあんだろ、おらのことなんか構わんで、さっさと行かっしぇ、との意味を込めての引き下がりだったが、彼女は、今しか言う時はないと言わんばかりに噛み付いてきた。

「そんげにとぼけらしゃんな。お前が呉《め》《く》った魚は、昭電が流した毒にやらってたんだねっけ。正月の騒ぎからこっち、ここらん人はおっかながって、誰《だん》も川の魚は食《く》わんろも、前にいっぱい《よっぱら》食うた魚に毒が溜まってたんか、おらみてに足が攣《つ》って寝らんね人《しょ》だの、鎌が持たんねなったとか、鍬が使わんねなったとか、あっちこっちで聞くがの。それが毎日《めえんち》テレビでやってんねっけ。お前も見るろげ。しらっぱぐれるなてば」

そせば、おれの足がつっぱって痛うてたまらねがんも、手が震えて鎌が持たんねがんも、魚を食うたすけだってか。佐吉は一時テレビでさかんに言ってた、水俣病とその症状を思い出していた。

「おら、倅《あんにゃ》なんか、ひっでえ怒ってっすけの。一生を滅茶苦茶《めっちゃくっちゃ》にさった。あんげな魚なんか貰わんばいがったんだって言うて、おら睨まったわの。お前んとこの若け者たちはどんげで？　お前のその足だってやそうなんだろげ」

嬶さに手前の体を指摘されたのも忘れて、一気に思いは倅夫婦に飛んだ。気が付かんかった。あれらもおれみてに、どっかこっかおっかしげになってるろっか。それもあって嫁の実家の手を借りようと言うたんか。

迂闊だった。あれほど騒がれていたのを知っていながら、それを我が身に引き寄せてはいなかった。おっかしげだとは思ってはいたが、この体の異変が魚が原因だとは、今の今まで想像もしない事だった。そんげに大年寄りでもねえってに、まってえ中気でも起きたみてに思うようでのうなって、首を傾げつつも、どうしょうば、なってしもたんだが、と諦めていたのだ。しかし、自分はさておき、これからという倅たちに何かがあっては大事だ。隣りの倅《あんにゃ》と変わらね年なんだが。

それにしても、長年、親戚同様の付き合いをしてきた両隣りから、陰で恨みを買っていようとは。佐吉の心はその思いでいっぱいになっていた。

気が付くと、一人で、道端との境に置いてある一抱えもある石に腰をおろしていた。

舅佐吉の微かな変化に、最初に気付いたのは倅の嫁のいち子だった。この家に嫁いで数年しか経っていなかった。以来、彼女は早くに連れあいを亡くした舅の体を、それとなく見守ってきていた。

ある朝、仕事に出かける夫政雄の弁当を包みながら、彼女は、既に食べ終えていつもの場所で一服つけている舅の佐吉に語り掛けた。

「サロンパスが無えなる頃だね。父ちゃんに頼もうかね」

仕事帰りの政雄に薬局へ寄って、必要なあれこれを買って貰うのだが、最初は頭痛薬だけだったのが、サロンパスが加わり、最近では目薬も増えた。

「まだあっわや」

ぼそっと答えた佐吉に、

「おや、まだあるってかね。そうかね。一ヶ月の余も買うてねんでね」

「したって、あるがな」

いち子は、包み終えた弁当を飯台の上に置いて立ち上がると、佐吉が薬入れに使っている菓子の空き箱を覗きに行った。

「本当《ほん》だ。沢山《いっぺ》ある。どうしたんね。使うてねんかね」

特大を買えば、両足に一枚ずつ貼るのに都合がいいと勧めても、それでは金嵩がかさむと気兼ねするらしく、おらはこの方が使い勝手がいいんだと言い張って、徳用ばかりを使っているのだが、一箱の殆どが残っていた。

いち子は黙って薬箱を佐吉の背後に置いたまま、政雄の弁当を持って玄関へ向かった。

「じいちゃん、この頃サロンパス使うてねえみてなんだろも、いっつものように買うて来てくんねかね」

バス停まで乗ってゆく自転車のタイヤに空気を入れていた政雄が、

「なして貼らねってか。痛うねえなったんか」

と問うた彼に、

「まさか。目薬も忘れんで」

いち子は内心の思いとは裏腹に、軽くいなした。

夕方、勤めから戻った政雄が、買ってきた薬の袋を、両足を伸ばしたままましきりと撫で続けている佐吉の脇に置いて、言った。

「攣《つ》って痛《いって》えがんを我慢すんなね。サロンパスぐれえいっつでも買うて来っすけの」

その夜、夫婦だけになると、いち子は長年の習慣で声を抑えて政雄に言った。

「じいちゃんが外へ出ねなったんは、足が思うようでねえなったばっかしでねがったんだわ。今日、前《めえ》の母ちゃんから聞いたんだろも、じいちゃんは少し前《ちっとめえ》に源助の婆ちゃんに怒鳴らってたんと。あの婆ちゃん、声がでっけてがんに、気が立ってるすけ余計きゃんきゃん声で、隣りん家《ち》まで聞こえたんと。聞いてらんねかったってね。じいちゃんが可哀想げで」

「何そんげに言わったんだ」

「魚さね。何年もただ貰いして食うてたくせに、お前が毒の魚を配ってたすけ、おらたちはみーんなあっちこっちがおっかしげになってしもた、死んでも怨みは消えねすけとか言うたと」

「そせば、じいちゃんの痛《いって》えがんもそれか。医者に見せんばならんな」

「おらが幾ら言うても、なにやれ、そのうちにけろっと治ってんだわや、て言うて聞かねんだすけ、お前さんから言いなせ」

いち子は内心で、「お前さんはどうなんね。一緒に見て貰いなせ」と言いたかったのを抑えて続けた。

「喜平次ん人《しょ》もひっでえ恨んでたって言うたと。母ちゃん驚《たまげ》いてしもたと。おらたちはお前さん家を恨んだりしてねすけね、て言うてたがね」

黙って聞いている政雄に、いち子は尚も続けた。

「そして、源助ん人とおらん家の者《ちもん》は、体がどうだなんて話は一切してねすけねって、ことわってたがね」

「お前も、ああ言わった、こう言わったと、言うて歩くな」

いい話ではない事は確かだが、不機嫌に言い渡されて、とばっちりを受けたようで、いち子はむっとした。もう一つ付け加える話があったが止めた。

数日後の夕食の時、佐吉の痺れる足を枕にして、早々と寝入ってしまった長女の良子の重い頭を、見かねた政雄が動かして、声高に言った。

「じいちゃん、お前《め》さんも隣りからあれこれ言わって切ねかもしんねろも、みんながみんなあそこん人《しょ》みてに、言うて歩いてるわけではねえすけの。じいちゃんだけがあそこんとこへ持ってったわけでもあんめえし。あっちこっちから貰うて食うてたんだが」

「ああ。それだが、お前《め》たちはどんげなんだ」

「なにがけ。体がけ？」

いち子は夫がどう答えるか、固唾を呑んで待った。全く異常がないわけではないのだ。だが、勤めの身で大っぴらに医者にもかかれず、幸いに父親ほど顕著に現れてはいないのをいいことに、家族にすら漏らさなかったが、いち子はおかしいのを知っていた。

「だすけ、引け目なんて感じんたっていいんだで。どっこでも行きてえ所《とこ》へ行かっしぇ。庭にもあんまし出ねんけ？　お前の姿がさっぱり見《め》えねすけ、喜平次のばあちゃんが心配してたがの」

父親の問いには答えないで、政雄はそんなふうに諭した。聞いていて、いち子は先だって自分が口にしなかった事を知ったようだと理解した。

佐吉は、道で源助の母ちゃんから嚙み付かれた翌日、喜平次の家へ謝りに行ったそうだ。

「おら、ほんきね吃驚《たまげ》たてば。おれと母ちゃんが裏で草取りしてっとこへ、お前んとこのじいちゃんが来て、深々と頭を下げてさ、どうか勘弁してくれね、そう言うたんさ。おら、母ちゃんからいきさつは聞いてたし、何で謝りに来たかも分がってはいたろも、気の毒でさ。悪気で配ってたわけでもあんめえし、おらってはは母ちゃんのまきからも貰うて食うてたんだが、て言うたろも、いやいや、ほんね取り返《けえ》しの付かん事をしてしもた、と何度も何度も言うて頭を下げるんだがの」

喜平次の家は、佐吉の家の前にあり、源助の家は裏手にある。二人の女衆達《おなごしょ》が屋敷続きの畑に出ているのを認めて、佐吉は思い立ったのか。いち子は聞いていて、じいちゃんは源助の若え者《もん》とこへも詫びを入れに行ったろっか、とふと思った。政雄に言ってみようかと考えたが止めた。佐吉の口から一切ないのだから、おらの口出しはしね方がいいな。逆撫でにならんとも限らんすけ。

政雄たちは、佐吉が受けた衝撃の大きさ深さを慮り、以来、父親の痛手には触れないようにしていた。

叔母と米川さんたちが来て行った日から幾日も経たないある日、瞳が昼休みから会社に戻ると、社員用の入り口近くで米川さんが立っていた。彼は先日の突然の訪問を詫びてから、

「ここで待ってれば確実だろうと思いましたんさ」と続けた。

きゃあ、まずい！

てっきり、返事を聞きに来た、と取った瞳は内心で舌打ちした。

あの日、米川さんは、じいちゃんに住民検診を受けるように説得して欲しいと、瞳に頼

んで帰った。だが、瞳は一言もそれらしい事は言っていないのだ。説得なんて、叔母さんじゃあるまいし。頼まれたってしない。じいちゃんが一番嫌《いっちゃや》な事なんだから。

「実はね、これを佐吉さんに使って貰おうと思うてね。どうでしょうね」

米川さんはそう言って、脇に置いた車椅子を少しずらして瞳に示した。

米川さんと目が合った。瞳は合点がいかない表情をしていたらしい。

「いやあ、もう使うてましたかね」

「それ、車椅子っていうんですよね」

最近はスーパーでも見かけるようになったが、瞳には縁遠いものだった。

「これがあれば佐吉さんも外に出らっていいかと思うてね。お前さんの仕事が増えるね」

「それ、じいちゃんに貸してくれるんですか」

「よかったら使うて貰おうかと思うてね」

「いいんですか。借りて」

「要らんなったすけ、誰《だっ》か使う人がいたらと、寄付した人がいたんですがね。油を注しておいたすけ、まだまだ使えますわね」

確かに、これがあれば便利だ。手押しで折り畳み式だから、車のトランクにも入る。たまには人中へ連れて行ってやれる。

やり方を教わりその場でやってみて、瞳は礼を述べた。

いつ、返せばいいんでしょう、と問う瞳に、米川さんは、

「今まで物置に投げ込んであったんですがね、期限なんてありませんわね」

米川さんはそう言ってから、

「お前さんは、佐吉さんの孫倅だった勝一郎さんの嫁さんなんですか」

と尋ねた。時間を気にしながら、瞳は、ああ久し振りに勝ちゃんの名前を言うてくれた人に会った。いつもはなるべく思い出さんようにしてたろも、やっぱ聞くと胸がきゅんとなると、心の中で呟きながら短く「はい」と答えると、

「去年のまだ寒え頃に実家の跡取りが交通事故で亡くなったと、山田さんが言うてたが。その後ですかね、倅さんの母親が亡くなったんは?」

「そうですね」

「ふーん。お前《め》さん一人で佐吉さんの面倒を見てるわけだ」

「家族ですから。面倒を見てるというよりも、子供を見て貰うてますし、助かってます」

「いやあ、若えてに感心だ。山田さんが、お前さんのことを二十二でしかねえってに突然

世帯主だがねって言うてられた。頑張っていなさるんだねえ」

　思いがけず、久し振りにねぎらいの言葉を受けた瞳は、かつて会う人ごとに「お前さんは偉えよ。二十歳過ぎで亭主に死なって、その後、姑婆《しゅうとばさ》の看病して、一年のうちに二つも葬式を出してさ。普通だば、縁切って出て行ってても不思議はねえってに。孫爺《じさ》の面倒まで見てるんだが。感心だ」そんな言葉を数限りなく受けたものだった。

「明後日のこどもの日に、河川敷公園でちょっとした催し物があるんだてね。天気が良かったら行ってみなさいね。佐吉さんも気分転換になっていいんでねかね。これはここへ置いとくさね。いやあ、時間が過ぎてしもた。工場長におれから断っておきますさね」

　米川さんのその言葉に押されて、瞳は仕事場に急いだ。


　その夜、秀を寝かし付けていた瞳は、昼間の米川さんの言葉を今も引きずっている自分に気付いた。軽い興奮を内に潜ませていて、佐吉に声高に語り掛ける回数も言葉数も多かった。そして、米川さんから、

「その後、佐吉さんの気持ちは？」

とか聞かれなかったことを思い出した。

最初会った時、まずい、と思ったものの、車椅子の使い方を聞いたり、勝ちゃんのことも聞かれたりしているうちに、気まずい気持ちはどっかへ行ってしまっていた。それを不思議にも思わなかった。なぜだろう。思い掛けない車椅子の勧めに気を呑まれていたのか。いや、自分の事なんてどうでもいい。じいちゃんの気持ちに変化があったかどうか、なぜ米川さんは聞かなかったのか。何十年も固く守り通してきたじいちゃんの意地が、幾日も経たないでころっとひっくり返るとは思われない。そう考えてるんだろうか。それともじいちゃんに会ってみて、意志の固さに辟易した？　さじを投げた？　いや、ああいう人は、もっと気長で短気に決めつけたりしないかも。そうならじいちゃんと一緒に私も試されてるかも。

ばあちゃん。じいちゃんを説得して、住民検診とかに連れてった方がいいと思う？　岡方の叔母さんが言うように、時代が変わったんだっけ、宗旨替えしてもいいと思う？

行き詰まった瞳は、暗闇の一点に視線を向けたまま、亡き姑に語りかけた。

でもさ、いっくら時代が変わろうと、変えらんねもんだってあるよね。じいちゃんがまるっきり医者にかからんで、今日まで来た根性は見上げたもんだよね。どんげに隣りのばあちゃんの言葉が響いたか。一生、罪ほろぼしだと思うてんだかもね。ばあちゃんは、じいちゃんのその気持ち分かったんだよね。いつだったか言ってたよね。毎年、配られる健康のアンケートに、誰にも相談しねで〈異常なし〉にして出していたろも、本気にこれでいいんだろっかと思うたって。

何度も、じいちゃん、一緒に検査して貰いに行くかね、と声を掛けそげになって、その度に、中じいちゃんが、引け目なんて感じんたっていいんだで、と諭した時の雰囲気を思い出して、口を噤んだって。

取り返《けえ》しの付かんことをしておきながら、手前はせつねすけ何とかしてくれなんて、どうして言わろばと思うてんだろな。ただただ釣りが好きで暇さえあれば川へ行ってた。たまには仲間の舟に乗せて貰《もろ》て釣ることもあって、沢山《こったま》釣れっときは仲間がおろした網にもどっさり入って貰うてきたりして、そうそう家で食い立てならんすけ、両隣りへくれてた。喜んで貰うてくれっすけ、その通りなんだと、何の疑いも持たんかった。

世の中がおっかしげな病気で騒ぎ出したんはじいちゃんだって知ってたろも、まっさかまっただ中の犯人にされてるとは夢にも思わんかっただろう。じいちゃんが哀れでならんかった。ばあちゃんはそう言うたよね。それで中じいちゃんも自分も受けんかったんだって。この分だと、何にも言わんであの世へ持ってくつもりだろうって、ばあちゃん言うたよね。あん時は、ふーんと思うただけだったろも、今は分かるよ。私も分かるようになったよ、ばあちゃん。

玄関の前に車をつけて、僅かな距離だから佐吉を負ぶおうと頑張ったが、小柄な瞳には腰が切れなかった。

意外にも佐吉はずしりと重かった。九十に近い大年寄りだから、若い自分が踏ん張れば何とかなると考えたのだが、長年力仕事で鍛えてきた体は、衰えたとはいえ、瞳の手には負えなかった。

「さてと……」と次の手を考えようとしている瞳に、佐吉は遠慮したのか、それとも心許ない瞳の背に不安を覚えたのか、

「おれはいいすけ、お前《め》らだけで行って来い」

と言い出した。

瞳は古い茣蓙を二枚玄関から車のところまで敷いて、佐吉に躄《いざ》って出て貰った。

「最初っからこうやればいかったんだよね」

ようやく、秀のチャイルドシートの隣りへおさまった佐吉に、瞳は自身のシートベルト

をしながら、振り向いて声高に言った。

「大仕事だわや、なあ」

佐吉は秀に同意を求めるように言った。

「行くよ。じいちゃん、私の車に乗るの初めてだね」

「ああ。車に乗るがんもおら、初めてだわや」

「そうなんだあ。今日はいい所《とこ》へ連れてくよ。楽しみにしてれね」

そうは言ったが、どこへとは敢えて言わなかった。佐吉の驚きと喜びの表情が待たれた。それとも、嫌な思いを呼び起こさせるか。そんな不安も過ぎったが、何よりも何年ぶりかで来た土手に上がれば、苦痛より懐かしさの方が勝つだろう、と踏んだのだ。

「ここ、どごだ」

村中の道を出れば、そこは既に佐吉の知らない世界に変わっていたのだ。田圃の真ん中に広域農道が通ったり、村道ですら拡幅されてそれに接続し、曲がっていた道は一直線に延ばされ、佐吉は薄ぼんやりとしか見えない視線を右に左にきょろきょろさせて、移り変わる風景に気を取られていた。

「ほら、土手だよ。わかった、じいちゃん」

車は一気に土手の上に着いた。おぼろにしか見えないはずのじいちゃんの目に、この景色はどう映ってるんだろう。

「ほら、じいちゃん、あれが泰平橋だよ。見えるろ」

「ああー、いい風だねっか。生き返《け》るわや。やっぱ、川風はいいなあ。なあ、秀」

そうだよ、じいちゃん。来ていいかったろ?

邂逅

電話で義姉の文枝と話している奈美子の口調は、いつものことだが歯切れが悪い。パートに出ていた若い頃の友達からかかってくる電話では、身内の者とは交わしたこともない言葉で、屈託なく長々と喋ったり笑ったりしているが、二人の義姉からの電話はそうではない。むしろ早めに切り上げたそうに傍目には見えるが、そのわりにはいつもだらだらと長引かせている。脇で聞くともなく耳にしていた雄一は、立ち上がって玄関から外へ出た。

夕刊が来るにはまだ少し時間がある。やろうと思う事があって出てきたわけではないから、二、三歩歩きかけてふと目に付いた庭木の枝に掛かっている蜘蛛の巣を払っていると、彼の様子を見に廊下へ出て来た奈美子と目が合った。子機はまだ耳に当てられている。

雄一は一度として、奈美子がきょうだいたちと何を喋っていようと、差し障りのある事を言った覚えはない。今日の電話が何を伝えるためのものか聞くまでもない。昨日の今日なのだから。二人の兄夫婦の誰かが地裁へ傍聴に行って来た翌日は、必ず電話が来るのが慣例になって久しいが、いつだって奈美子の歯切れはよくない。雄一の手前遠慮があるのかと察して、

「おれが仲間に入らんたって、遠慮なんかしんたっていいんで。きょうだいで決めた事におれは口出しはしねすけな」

と言い渡しておくのだが、それでも電話がかかってくる度に、奈美子は雄一の前では言葉を濁し続けているのだ。

雄一にしたところで、昨日の地裁での弁論が文書の交換だけで終了したことは、今朝の朝刊を読んで知っていた。奈美子もまた読んだだろう。しかし、夫婦の間でそれを話題にはしなかった。どっちかが話を出してもそれで口論になる事はないはずだが、敢えて持ち出さないのは、かつて経験した苦い思いがあるからだ。

しばらくして届いた夕刊を持って家に入ると、奈美子はまだ子機を耳に当てていた。雄一と目を合わせると立ち上がって台所へ行ってしまった。ドアは閉めなかったが、あそこで小声で話す声は、雄一には聞こえない。彼の場合、水俣病の症状は早くから耳に来ているのだが、その点奈美子の耳は正常だ。

夕刊にざっと目を通して、今日は出ていないと確かめると、それを折り畳んでテーブルの上に置いた。

「この人だよね、あんたが付き合ってた人」

既に寝床の中へ入っていた雄一の顔の上に、奈美子が今朝の新聞を広げて挑むように言った。

　黙っている雄一に、奈美子は、

「なんで返事しねんだね」

と焦れったそうな口調で突っかかってきた。

「私が何も知らんでると思うてるんかね。私もここへ来るまでは知らんかったよ。でも、なぜだか聞こえてくるんだわっ。返事せえねっ」

　持ち前の張りのあるよく通る声は、初めのうちは抑えられていたが、煮え切らない雄一に業を煮やし出すと、いつの間にか大きくなっていて、雄一の肝を冷やさせた。

「いい加減にせや。親父達に聞こえるねっか」

「聞こえたっていいわねっ。私はそうなんかねって聞いてるだけなんだから。あんたが返事をしねすけ……」

　突然、障子戸が開いた。ノックもなかった。新聞を片手に持って、雄一を見下ろす恰好で突っ立っていた奈美子の顔色が変わった。開いた戸一枚分を塞ぐように、雄一の父義和が立っていた。自分たち夫婦の部屋へ、よもや父親が来ることなど予期したこともなかった雄一は、慌てて飛び起きた。

「何時だと思うてんだっ。大きい声《でっけ》でなんだってかっ」

嫁いで来てまだ幾らも経ってない奈美子は震え上がった。初めて聞く舅の怒声は、聞きしにまさる野太い銅鑼声だった。まるでやくざの親分みてだと、震えながら思った。長年海風と日に焼けた舅の顔は、声と同じくらい相手を威嚇するに充分だった。

でも、と奈美子は内心で決心した。もう一言何か言わったら言い返してやる。私が悪い訳じゃねんだっけ。

「何が不満で亭主に噛み付いてんだっ」

舅の、声以上にきつい視線をもろに受けて、動悸は今にも胸を突っ切りそうになっていたが、奈美子は負けずに言った。

「私が聞いた事に、この人が答えてくんねすけ……」

「何が知りてんだ。俺が答《こて》てやっわや。なんだってかっ。ん？」

「親父、おれが言うすけ」

雄一はやっと二人に割り込んで言ったものの、義和は息子の言葉を無視して奈美子に言った。

「ぐだぐだ言うてるがんも、子が生まれるまでだわや。子が生まれてみれ。そったらことはみーんな忘れてしもすけ。早う子を作れ」

そう言って立ち去ろうとした義和に、奈美子はきつい口調で言い返した。

「絶対に子供は生みません！」

雄一には初めて聞く奈美子の言葉だった。それは義和にとっても意外なものであったらしく、行きかけた背を返して、奈美子に負けないすごみのある口調で聞き返した。

「なにや？」

「奈美子！」

制止させようとする雄一の声は、またも奈美子の舅に向ける強い声に掻き消された。

「私は絶対に子供は生まないと決めたんです！」

「ほう。そせば聞くが、お前《め》のこの家での役目は何だや」

「なんですかっ。何ならいいんですかっ」

「よう聞けや。どんげにしても子が出来ねんだば仕方がねえろも、最初っから生む気はねえとは聞き捨てにはならんな。この家は雄一の代《でえ》で途絶えんだな。お前の腹ん中はようわがった」

あっと言う間にしいんとしてしまった部屋の中で、二人は言葉を失ったまま突っ立って

「みんなに来て貰うて、夕飯でも食えばいいねっか」

「私が誰と喋ってたかわかるん？」

「協子さんか文枝さんか、どっちかだろうが」

「昨日は文枝さんが行ってきたんて」

「裁判の度に代わり代わりに傍聴に行ってんだが、お前《め》だけ行かんすけ、電話で様子を知らせてくれてるんだろうが。電話が悪いというわけではねえろも、たまにはみんなに来て貰《もろ》えばいいねっか。お前がちょこっと手間がかかるろうが、そうせ」

「めずらしい事言うね」

「聞いてっと、電話では埒が明かんみてだねっか」

二人の兄夫婦たちが雄一の声掛けに、快く電車とタクシーを乗り継いで来てくれたのは、その週の日曜の昼に合わせた時刻であった。

家の前でタクシーを降りた四人は、出迎えた雄一たちへの挨拶もそこそこに、

「いやあ、ここらもすっかり変わってしもて」とか、

「あんまし久し振りに来たもんで、一度素通りしてしもた」

「やっと着いた。本当《ほおんね》に久し振りだ」

などとてんでに言い、

「この前来《めえ》たんはいつだったろ」と言う文枝に、

「ほんにさ。前《め》に来た時は沢山《いっぺ》芍薬が咲いてたすけ、春だったさ」

と協子が答えていた。

やがて座敷のテーブルを囲んで、改めて長々の無沙汰の挨拶を交わし終えると、すぐにビールの栓が抜かれた。

最初は家に入る前に玄関先で交わしたようなとりとめのない話をしていたが、一時、話が途切れると、義兄の健男が切り出した。

「このメンバーが顔を合わせれば、話はあれしかねえんだが、それを承知で声を掛けて貰《もろ》てありがてかったてね。奈美子にも久し振りに会うたんだが、お前さんの手前喋らんてわけにもいがねしさ。ちゃんと断っておいた方がいいろと思てさ」

「ああ。はい、どうぞ、どうぞ。おらに遠慮はいりませんすけ」

雄一は気さくに受け流して、ま、どうぞ、というように、義兄の前の半分ほど飲み干してあるグラスを持つように促して、ビール瓶を差し出しながら続けた。

「奈美子は一度も地裁に行ってねし、実はおらも気にはしてましたんだ。好きにしていいというてても、兄さんがたにおっ被さってばっかで。口頭弁論も三次の場合はさっぱりはかが行かねし、四次の方が収まり掛けてるげだし、おらも気になってんですわ」

「いやあ、お前さんと裁判《せえばん》の話が出来っとは、正直のところ思いもしねかったろも、その言葉を聞いてほっとしたてね」

健男の言葉に、文枝も定男夫婦も頷いていた。その様子を眺めながら、奈美子は久々に会うこの人たちが、以前よりはっきりと意思表示をするようになっていることに、少なからず驚いていた。これも裁判を起こして人中へ出続けているせいだろうか。人慣れしているると思った。柄にもなく雄一へ遠慮してというわけではなく、人目に付きたくないとの思いが先だって、兄たちにおんぶにだっこして来た自分だけが、取り残されたような疎外感を味わっていた。


一昨年のまだ寒い頃だった。電話がかかってきて出たら義兄の健男からだった。先だってもこの人か義弟の定男からかかってきていたようだなと思いながら、奈美子はちょっと出かけていると答えた。

「そうかね。この間《ええだ》もかけたんだがさ。奈美子何か言うてねがったかね」

「いやあ、特別聞いてはいねなあ。なんですね」

「裁判の話なんだがさ」

「裁判」

「お前さんとよう相談しておいてくれて言うたんだが」

「そうですかね。あれが帰って来たら聞いてみますわ」

そんな会話を交わして電話を切ったところへ、奈美子がスーパーから戻った。

「たった今、新発田の兄さんから電話があったが、裁判の事でおれと相談しておいてくれて、お前に言うてあると言われたで」

と問うと、無言で頷いてすうっと顔をそむけた。その表情が帰ってきた時とは違って、強張っているのに気付いた。

聞くまでもなく、裁判と言えば水俣病患者としての訴訟問題だろう。それくらいは毎日の新聞を見ていれば分かる。きょうだいたちとどんな話になっているのか、あの顔ではおれに話す気はないんだろうと判断した。

新潟水俣病患者としての申請を棄却された人や申請中の人達で、国と昭電だけでなく新潟県をも原告として、匿名で提訴する動きがある事は、既に新聞で報道されている。一次や二次は国と昭電だけだったが、三次はそこへ県を加えて提訴した。県側としては理解を示しているにも拘わらず、そのような話が出ていることに戸惑いを示していると、県知事の談話が出ていた。

つんぼ桟敷へ置く気か。それでもいい。初めっから仲間に入るつもりはねえんだすけ。それにしても、と雄一は、奈美子の片意地の張りようと、長年消さずに持ち続けている深い執念に息を呑む思いだった。つい小一時間ほど前まで見せていたあの無防備な物言いや笑顔は何だったのか。

かつて奈美子が彼の亡父に言い放った言葉が蘇った。大騒動になる一歩手前でくい止めたのは、母親の素早い機転のお陰だった。それがもとで今、ここで二人だけの平穏な日々を送っている。人の出入りの多かった実家にいた頃とは雲泥の差の毎日だ。

すっかり忘れきっていた自分に比べて、奈美子はずっと引きずってきていたのか。

今日の電話も自分がいない時にかかってきていたら、知らされずじまいだったのか。それにしても、どう返事をするつもりでいるのか。きょうだいたちにはおれと相談したことにしておくつもりだったのか。思いは良い方へ向かわない。雄一は邪推ばかり働かせている自分に嫌気がさした。しかし、一息吐いてみればまたもそれに拘っていた。奈美子の執念と似たり寄ったりだと、内心で苦々しく思った。

噂にしか聞いたことがない死者を、二人の間に割り込ませようとしているのは奈美子自身ではないか。一緒になる約束をしたわけではない。あのまま付き合いが続けば、多分そうなっていただろう。しかし、付き合いは父親の一方的な采配で止められてしまい、雄一の気持ちなど一顧だに省みられなかった。いつかどこかで会うことがあれば、おれとしては声を掛けたく思っていた。しかし彼女は死んでしまった。そのような者をまるで生きている者のように、魂を持たせているのはあれの方だ。あれにとって姿形すら見たこともない亡霊にやきもきしてるとしか言いようがないからと放って置くわけにも行くまい。

亡霊か。いや、おれはそうは思わんよ。大昔のことだが、たった昨日のことのようでもあるしさ。雄一は自分が誰に向かって話しているのか知って、どきっとした。

そんな思いを飲み込んで、雄一は夕食の後切り出した。うやむやにしておけば今までと変わりがない。成り行きに任せておくのも一つの手だとは思うが、ここまで煮詰まった話になってきていれば、もう避けてはいられまい。切り出せば気まずさが何を引っ張り出すか想像も付かないが、兎に角出してみるしかない。昔は思いがけず母親が助っ人になってくれたが、今は正直と誠意だけが頼りだ。

「新発田の兄さんに返事をしねばねんだろ。お前は兄さんたちに合わせてんだばそうせばいいねっか。三次の仲間に入りてかったら、そうせばいい。なんべんも言うが、お前の好きにしていいんだっけな」

「そしてあんたはどうなんね」

「おれは……別に今んとこおっかしげなとこもねえし」

「私は明きめくらだかね。何十年あんたと暮らしてきたんね。神経痛だとか言うて進藤先生の所へ通い出して、ずうっと薬の飲み続け。何が神経痛であろばね。私の足の痺れとおんなじだがね。神経痛でこむら返るかね。年だすけ耳が遠うなったと言うろも、そんげに大年寄りでもあるまいし」

奈美子は立て板に水の如く、雄一の症状を並べだした。

「進藤先生も先生だわね。まさかここらに水俣病患者がいるなんて夢にも思わんすけ、足が痺れると言えば神経痛、耳が遠くなったと言えば、年だねえで片づけらって。先生の方こそ年だわ。勉強不足もいいとこだわ」

黙っている雄一をちらっと見て続けた。

「あんたが松浜の人間だと知ったら、それでも気付くろうかね、あの爺ちゃん先生。でも、あんたは気付かれたくないんだよね。自分から言うつもりもないし」

「兎に角、この事についてはお前の自由でいいんだっけな。おれのことはおれが考える。だすけ、お前のことはお前が決めれ。よう考えて明日にでも返事するんだ。兄さんたちも待ってるんでねえんか」

こんなところで納めたかった。行くところまで行かせてひびが入る恐れがあるなら避けた方が賢明だろう。雄一は話しながらそう考えた。

しかし、奈美子に止める気はなく食い下がってきた。

「あんたは大昔に死んでしもた人に義理立てしてるんかね。そんげなもんかねえ、私には理解出来ねろも」

その口調には、揶揄も蔑みもそして半ば呆れ果てているといった含みも込められていると、彼には受け取れた。だが、それに乗ることは避けて穏便に言った。奈美子の言葉からは何も汲み取っていないかのように。

「おれと生活してるのはお前だ。おれもそうだが、お前だってくそ野郎と思いながら今日まで来たわけではねえろ。おれも諦めらんねかったとしたら、あん時親の言う通りにはしねかった。五十年近く一緒に来たのが何よりの証拠でねえんか。存在《い》もしね者《もん》のことは考えんでもいいろうが」

「私の焼き餅だと言うんかね。私はただあんたの煮え切らね物言いが癪に障るんだわ。あの気の荒いお父さんの子とは思わんねよね。真次さんの方がお父さん似で、口は悪いけどさっぱりしてるわ」

自分の亭主より、亭主の弟に軍配を上げた奈美子の言葉には、言い合いを切り上げるにしても、一言ぐさっとやりこめねば収まらない思いがこもっていると、雄一には思えた。


きょうだいたちがてんでに喋っているのを聞き流しながら、かつてのあれこれを引っ張り出していた雄一の耳に、気を高ぶらせた協子の声が飛び込んできた。

「さっぱり進まんでさ。やっと開かったかと思えば書類を交換しただけで終わるんだが。みんなも歯痒がってんだわ。秋には四次が片付くげだというし」

「おらたちは姿も出さんし、名前も公表しねことにして原告になったんだろも、自分たちの裁判なんだすけ、ちゃんと名乗って支援を願うたらどうだろという人《しょ》もいるんだわ」

「おらたちにしたって、あまりにもあれこれ言われっすけ、名前を出さねでいいんだばて気になったんだろも、逃げてるばっかではと、この頃思うてば」

「そやんだ。面倒な事だの体裁《てぇせぇ》が悪《われ》ことだのは、みんな弁護士に任せっぱなしでいいようにしてくれると、思うた時もあったろも、やっぱおらたちも頑張らんばの。なんせ自分のことなんだが」

男兄弟が続けて言うと、またも協子が亭主の定男に向かって嚙み付くように言った。

「そせばお前さんは街に出て、見も知らね大勢の人《しょ》の前《めえ》で署名お願いしますて言われっけ。そんげにいい口利くんだが」

妻にそう問いかけられて、定男は一瞬言葉を飲んだものの、協子の口調とは反対に力が入っていなかった。

「人任せにして、早う良い結果だけを待ってるわけにはいがねろが」

一瞬、皆の言葉が切れた。それを補うように健男が口を切った。

「お前《め》さんも快うおれたちを呼んでくれたし、この話を奈美子だけでのうて、お前さんにも聞いて貰うて、奈美子が出かけるがんを大目に見て貰いてと、みんなで押し掛けて来たんさね。頼むさね」

聞きながら雄一は心の中で、何を今更と半ば落胆しながら呟いていた。

最初っから、おれは奈美子が出かけるのも原告に加わるのも、一切反対はしてね。いつだって好きなようにしていいと言い渡して置いたのは、或いはきょうだいたちに届いていなかったのか。おれは最初《はな》から話の分からん男で通さってたのか。

「どうかいっつでも誘うてやってくんなせ。なにせ一番若《いっちわあけ》んだすけね」

「ほんにさ。その通りだ」

と言った後で、文枝が続けた。

「おら、地裁へ行く度《たんび》に思うんだわ。裁判てやこんげにも大変なもんだとは、本当《ほんね》にこの病気にならんば分がらんことだった。さっぱりはかが行ってねみてで歯痒うてならんろも、手順を踏むてやこういう事かと思うてば」

「お前さんはそういうふうに考えられんだが、おらは人の陰口ばっか気になって、正直のところせつね。まるでお上を手玉にとって、金をくすめ取ろうとしてるみてに周《はた》りから見らってさ。一度たって、本当《ほんね》に何十年も我慢してきて大抵でねがったのなんて言うてくれる人《しょ》はいねんだが」

「ほんにさ、お前さんの言う通りだ。たった一人でもそう言うて慰めてくれる人がいたら、おら、裁判なんてしんたっていいと何度思うたやら」

「二次で和解金を貰うた相川の親父なんか、あぶく銭《ぜん》が入《へ》って妾でも持てるのと、言わったと。酷《ひつど》う怒ってたがの」

「ああ、その話はおらも聞いた」

「おらたちは他人どころか、身内からやり込めらってんだがの」

定男の半ば苦笑混じりの言葉に続ける者はいなかった。雄一はどきっとした。まさか面と向かって嫌みを言うてんでねえろなとは思ったが、聞き質す勇気はなかった。

殆ど口を挟まず聞き役に回っていた奈美子が、ふうっと肩の力を抜いたのが、脇にいて分かった。彼は話が一段落した頃合いを見て、正月にでもまた集まって一杯やりましょうてば。そん時は安田の姉さんにも声を掛けますわね、と言うつもりでいたのだが、どうやらこの雲行きでは話さない方が無難だと判断して、話を戻した。

「のんびりだとしても今年中にもう一回ぐれえは開かれんですかね」

「公判がかね。うん、そんげな話だろもねえ」

「開かれんだ」

「なんだやら。さっぱりおらには分がらね。なんにせのろのろなんだが。そのうちにおらたちはこの世から居のうなってしもうてば」

原告であるこの人達でさえ、希望が持てると思う時もあれば、鈍行並みの進捗に顎を出して、ついつい愚痴もこぼしてしまう。

雄一は、今まではお前さん方の問題だと、一線を引いていたが、せめて奈美子が地裁に行く気になるように及ばずながら手を出そうと決めた。


一昨年、健男から奈美子へかかってきた電話は、三次の提訴を起こすに当たって、一緒に仲間に入らないかとの誘いであった。

奈美子たちきょうだいが育った安田に、今も住んでいるのは長姉の栄子だけで、健男と定男は新発田で家庭を持っている。健男のところは二人の娘が他県で住み、定男のところは共働きの長男夫婦と同居して、二人の孫の世話をしてきたがその役目も終え、一人は巣立ち、下は専門学校へ通っていて、今はゆったりと老夫婦で留守役だけを務めている。

そんな兄たち夫婦の薦めで、奈美子は彼らの主治医の所で水俣病の診断を受けた。初めて行った病院できょうだいたちと待ち合わせたのだが、当然、栄子も来るものと、奈美子は疑いもしなかった。しかし、いつまで経っても現れないのを不審に思い、義姉の文枝に聞いた。

「姉ちゃんも来るんだよね」

その言葉を脇にいて聞いた健男が、

「いいや、来ねんで」と答えて止めてしまった。ふと見ると、義姉が健男に目配せをしていた。他の患者の手前憚ったらしかった。

奈美子たちきょうだいの事情は、既に主治医は知っていたらしく、奈美子への問診の後、

「朝から晩まで同じものを食べて育ったんだから、一人が患者で一人はそうでないということは考えられないでしょう」

と微笑を浮かべながら言った。

奈美子には初対面の医師ではあったが、健男たちには以前から太い頼みの綱のような人だと、後で聞かされた。

その日家に帰ると、奈美子は雄一への報告を後回しにして、栄子に電話をかけた。さっきの医師の言葉が気になっていて、健男兄の歯切れの悪い言葉も勿論忘れてはいなかったが、診察を終えてきょうだいで遅い昼食を摂った時も、文枝の手前聞きただせずに帰ってきてしまったのだが、そんな何もかもを引っくるめて、かけてみれば分かるだろうと考えたのだ。嫂に質すよりは遠慮のいらない実姉の方が気易く聞けると思ったのだ。

「何だって？　診察？　どこでけ？　そせば健男たちと一緒だったんけ？　本当《ほーんね》にようも

考えねで、雄一さは何て言うてんで」

奈美子が、実は今日みんなと一緒に沼垂診療所で診察を受けて来たんだがと言うと、栄子は話の腰を折って、頭ごなしに声を荒げて捲し立てた。あと一言、姉ちゃんどうして来《なして》んかったん？　と聞くつもりだった言葉は出番を失った。

久し振りにかけた電話で、叱られるとはよもや思いもしなかった奈美子は、受話器を耳に当てたまま戸惑い黙っていると、耳元で栄子の一段と高い声が、

「奈美子、聞《な》いてんだろ。何で黙ってんで」

と奈美子を詰問した。

何言うてるん。自分が最後まで喋らせせんかったくせにと、不満を募らせていたが、さり気なく言ってみた。

「医者が言うには、おんなじ川魚を毎日《めえんち》食うて育ったんだば、一人が水俣病で一人はそうでねえなんてことは、考えらんねんと。姉ちゃんは来んかったすけ、どんげなんだろうとかけたんだわ」

「私《おら》の心配《しんぺ》なんてしんたっていい。さっきも言うたろも雄一さは承知してんだろな。あんげな馬鹿男らの口車に乗せらって馬鹿してっと、夫婦仲がおっかしげになっても知らんす

けな」

いくら長女とはいえ、弟たちを馬鹿男と言い切り、末の妹である奈美子を、まるで大昔彼女が遊びに行く後ろから、連れて行ってと泣きながら強請《ねだ》っていた、五つ六つ頃の子供並に見下している口調だ。父親譲りの負けん気だけは、七十になろうという今も健在だ。かけなければよかったと後悔しながらも、それでもこれだけは聞いておこうと、

「姉ちゃんはどっか変《おっかしげ》なとこはねえんだ?」

とそろりと言ってみた。

「おっかしげって何が?」

「私は血圧が高えし、手や足の痺れはかなり前から出てて、頭が痛て《いって》横にならんばならんこともあってさ。姉ちゃんはそういうことはねえんだ?」

「血圧はおらん家の血統だねっか。あっちこっちおっかしげなんは、年取ったてことだわや。いちいち水俣病にくっ付けんたっていいろうが。誰にでもあんだ、そんげなことは」

「それはわかってるろも、阿賀野川の毒水にやらった魚を食い続けて来たおらたち……」

「そんげな話は耳にタコが出来るぐれえ聞いてっわや。そんだがおらは無関係だすけの。お前金欲しさにあっちが痛え《いって》、こっちがおっかしげで夜も寝らんねなんて言うて歩かね。お前

も欲たかりのあれらの仲間になんかなんな。今だば止めに出来るろが」

電話を切った後も気持ちの落ち込みは収まらず、気が付けば悶々とそこに拘り続けていた。そういえば本家を出てここへ引っ越した当時、姉が陰で自分を糞味噌に詰っていたと、兄たちから聞いたことを思いだして、あの時も長く行き来が途絶えていたのに、かける前になぜ思い出さなかったのか、ほとほと自分の間抜けに呆れ、だからこの年になっても一人前に向き合って貰えないのだと悄気た。

新潟水俣病の資料館でもある「環境と人間のふれあい館」の駐車場には大型バスが停まっていて、到着したばかりのようで次々と降りた人達が、建物の入り口へ向かっていた。

雄一はバスとは違う方の駐車場へ車を停め、彼らに混じって中へ入った。

左手の広い部屋の入り口に、「新潟水俣病を学ぶ市民講座会場」と大書した紙が貼ってあって、彼らはそこへ向かって行った。見ると彼らは手に冊子を持っている。丸めて片手で持っている者から、そのまま抱きかかえるように胸に当てている女性たちもいた。中には、二人三人と連れを作って話し合ったり、立ち止まって中の一人が振り向くと、それに併せて右手の展示室の方を窺ったりしているグループもいた。

なるほどこういう講座があったのか。知った顔には出会わなかったが、市民講座というのだから、市の主催であれば市報などで募集したのだろうが、雄一は見落としていたらしく、初めて知った。

参加者ではないからそこへ入ることは出来ないと思い、展示室とある右手の方へ進もうとして、何気なく目の前の事務室を見ると、自分とほぼ同じ年格好の男が相好を崩して、やあというふうに片手を上げながら事務室から出てきた。

「久し振りですね。市民講座で来たんですかね」

幼なじみの卓雄との邂逅に、雄一は悪さでも見つかって、慌てている子供のように戸惑った。覚られないように彼に合わせて笑顔を作っていたが、いかにも不自然でぎこちなく思われた。

「佐藤さんは？」

彼が改まった喋り方をしたのに合わせて、雄一も卓と子供の頃の愛称は使わず、姓で尋ねた。

「今日の集まりで少し《ちっと》喋るんですてば」

そう言って、今や講座が開かれるのを待っている人たちでいっぱいの背後の部屋へ頭を向けた。

「喋る？」

「実はおれ、頼まってしかも前《めえ》から、ここで水俣病の語り部みてなことしてんですわ」

ほう。語り部。昔話の語り部ってのは聞いたことがあるろも、水俣病にもそういう人がいるのか。

「そう言えば、お前さんの実家の真次さん大変だったですね」

雄一がどんな表情を見せたのか、彼は続けて言った。

「退院後も良さそげで安心したろうね」

真次は病気で入院してたのか。どこが悪かったのだろう。心配を掛けると、気を遣って知らせなかったのか。知ってしまった以上は、これから行って確かめようか。

雄一がそんな風に思っていると、入り口の方へ視線を向けた彼がいかにもほっとしたような口調で呟いた。

「ああ、やっと来た」

待っていた相手が来たのだろう。雄一も彼に合わせて視線を向けて、えっ！　と内心で叫んだ。一挙に動悸が高まった。

多分、そうだ！　テレビや新聞で度々見かけるあの男だ。この期に及んで慌てふためいている自分が情けなかった。

先だって奈美子のきょうだいたちが家に来て、てんでに語る裁判の難しさを脇で聞いていて、身内がこんなに苦しんでるのだから、おれも少しは加勢しなければと考えたが、その場で言葉に出来なかったのは、それに関われば否応なしにあの男とも関わることになる。自分の中で逡巡するものはそれだ。かつて僅かの間だったが付き合いのあった律子の弟と平静で向き合い、今初めて付き合う様な面をしていてもいいのか。

あの頃、この男は多分高校生だったはずだ。彼の与り知らぬ所で親たちが律子に自分との付き合いを止めるように言ってたとしたら……。しかしそれは虫のよすぎる考えだ。知ってると見た方が自然だろう。だが、今は卓雄がいる。この場であの問題に触れられることはない。兎に角、挨拶はしておこうと考えた。

「いやあ、どうにか間に合うた！」

「ほんにさ。心配《しんぺ》したさ」

二人の親しげなやりとりを聞きながら、雄一は心とは裏腹な面持ちで彼に向き合って頭を下げた。

視線が合った瞬間、相手は既に雄一だと認めていたことは読めた。穏やかな表情には突然の奇遇に驚きも侮蔑も含まれてはいなかった。雄一が抱いた衝撃は空回りだったと力落ちするほどの落ち着き振りだ。果たしてそうだろうか。彼とて人の子だ。卓雄といる男がおれだと知って心は騒いだが、入り口からここへ来るまでの一、二分の間に素早くおさめた。それが出来る男なのか。いずれにしても自分より数段出来た男だと肝に銘じた。

「今は市内の関屋に住んでますが、前は松浜にいました平松です」

「ああ。平松さんですか。弟の真次さんは四次でこの人たちの仲間です」

似てない。姉弟でも面影もない。それより昔家に来ていた年寄りにどことなく似ている。そんなことを思う一方で、そうか、真次も四次に入ったんか。身内でも水俣病《これ》を話題にするのは憚る風潮があると、新聞などでは報じられていても、それが現実の問題として身に降りかかってこようとは。雄一は、ふっと奈美子の姉の栄子を思った。

だが、拘りは持つまい。おれだって真次に腹を割って喋ったことは、子供の頃はいざ知らず最近ではそんなに無いんだから。

おれも、奈美子が動きやすいように、出来れば支援の会にでも入って応援しようかとようやく思えるようになったんだ。それにしても、水俣病についていい加減なことしか知らねすけ、資料館へでも行ったら何か分かるかと来たんだが、そこでばったりと佐藤の卓雄に会ったにはたまげた。

その卓雄が、お前が入院してたというたんで、またたまげてとんで来たんだ。真次のことだ、そういえば気さくに話すはずだ。四次に入ってるんなら、その辺りの話もじっくり聞かせて貰おう。

目の前にいる一人は水俣病の語り部だと名乗った。そしてもう一人は新潟水俣病事務局の責任者だ。それぞれに生きる目的を持っている。雄一は秘かに二人を羨望している自分を認めた。

時間になったのか、入り口の戸に手を掛けながら、若い女性が明と卓雄が来るのを待っていた。

「お前さんも来いね」

そう誘ってくれる卓雄に、雄一は応えて言った。

「今日のところは……　そのうちにゆっくりと聞かせて貰いますさ」

「そうかね。ここへ問い合わせてくれれば、語り部をする日が分かるすけね」

卓雄はそう言うと、じゃあというふうに片手を上げて、明の後を追った。

一瞬、取り残されたように感じたが、思い直して出口の方へ歩き出すと左側に、新潟水俣病資料館とある文字が目に入った。

そうだ。ここへ来たんだ、おれは。思い掛けない邂逅を二度もして、年甲斐もなくすっかり動転している自分を内心で笑った。

室内のあかりを落として、展示物にだけ照明が当てられているそこへ入って、改めて呼吸を整えた。周りには誰もいない。

雄一は、まず床下に照明が当てられてある所へ行ってみた。阿賀野川の全貌が作られてあった。川の両岸に患者が発生した集落の名前が記されてあった。なるほどと感心しながら馴染みの濃い集落の名前を目で確認した後、奥へ進んで行くと、阿賀野川で捕れた魚の模型が展示されていた。長く思い出しもしなかった、かつて毎日のように食卓に出ていたあの魚この魚の名前を頷きながら見続けながら一巡した後、二階へ上がって行くと、真っ先にあのサンパ舟が飛び込んできた。

ああ、おれがじいさんから譲り受けた舟はこんなもんじゃなかった。これは立派だ。ああ、これくらいの大きさだったか。記憶の中のそれは風雪にまみれ置き去りにされていたから汚れもひどかった。一度見に行ったら舟底に腐った落ち葉なんかがあって、しっかり掃除しねば使わんねなあと思ったものだった。

とうとう一度も漕ぎ出さずじまいだった。長く思い出すこともなかった。

きっと川風は気持ちいいだろうなあ。想像しただけで律子の笑みが目の前で零れるのが見えるように感じ、必ず乗せてやろうと思ったものだった。思うだけで実現は叶わなかったと思った瞬間、バイクの荷台に彼女が腰を下ろした時の重みが、ハンドルを支えていた両腕に甦った。

あの舟はどうしたろう。父か真次のどっちかが始末したに違いない。おれが貰ったと知っていて、何も連絡はなかった。だからと文句を言ってるわけではない。遠い昔のことだと自らに言って、それにしても体は覚えているもんだなと、新しい発見でもしたように感じていた。

兄の声

「兄ちゃん！」

未明に見た夢の中で呼ばれた公夫は、おっ！　と答えて飛び起きた。深く眠っていたつもりだったが眠りは浅かったらしい。その一声でぱっと跳ね起きられたのが不思議だった。そこに思いを掛けながら大きく息を吐いた。

久し振りに見たなあ。なぜだろう。このところ兄を思い出すこともなく、大学に入った年から実家を離れて以来、長年新潟市内に住んでいて、年に一、二度帰るくらいで、子供の頃の古い家や、亡くなって久しい父親や祖父母、施設に入っている母親や弟の家族などをたまに想い出すことはあっても、ちょうど乗り物から眺める景色のように、なめらかに流れ去るままにしていた。

現実は日々の仕事に追われ、ある日気がつくと、高二の長男と中二の長女が、めっきり言葉数が少なくなって、彼が語り掛けてもまともに返事すらしなくなっていた。妻に言わせれば、「難しい年頃なのよ。普通にしてればいいの。こっちが拘ると益々こんがらがってしまうから。あなたも思春期の頃があったんだから分かるでしょ」と言われてしまった。公夫としてはまともに世の親並みの葛藤を抱え始めたということなのだろうが、語り掛けてもまともな返事をしないあの二人に、一度ガアッ！　と活を入れたい欲求を抑えているのだ。そんな心境の毎日なのだが、不意にいま兄が夢に出てきたのは、これはなんなんだ？と懐かしさもさることながら、突然の出現にそれが兄俊行の意志が秘められているかのように拘った。

確かに、兄ちゃん！　と弱々しく呼んだ声は間違いなく亡兄のものだったと確信しながらも、一度たりとも公夫だけでなく家族の者は、兄の声を聞いてはいないのに、そうだと断定している自分が不思議でもあった。あの時、兄ちゃんと弱々しく呼びかけたのは公夫だったのだ。

なぜ、自分の声が、兄俊行の声と入れ替わったのか。兄が弟の自分を兄ちゃんと呼ぶわけはない。それに兄は言葉を持てなかったのだ。彼は自分が長男で、次がおれで一番下の弟が秀平という名前だということを理解していたか、親たちさえ確信は持っていなかっただろう。いや、喋られないように、耳も聞こえてはいなかったと決めていたのだ。

あの当時、あの川沿いの小さな集落に住んでいた村人は、どこの家でも男の上の兄弟を兄ちゃんと呼ぶ者はいなかった。

毎年夏になると、新潟市に住む公夫たちの伯母が二人の子供を連れて、墓参りを兼ねて長逗留して行くのが習わしだった。

公夫と同年の兄を妹が「お兄ちゃん」と呼んでいるのを聞く度に、公夫はまるで自分がそう呼ばれたようなこそばゆさを感じていながら、彼らのいないところで秘かに、お兄ちゃんだてやと冷やかし笑いをしていた。それでも一方で、あんなに可愛い妹から甘ったるい声で、そんなふうに呼ばれている従兄が羨ましくもあった。

恭子ちゃんという響きのいい名前の従妹は、ある時公夫を呼ぶ時に、公夫お兄ちゃんと、きょうだいでもないのにそう呼んだ。呼ばれた公夫は思わず真っ赤になって、その子にくるっと背を向けて駈けだしてしまった。赤くなったのを見られたくなかったのと、何て返事をしていいのか戸惑ったのだ。何やら甘ったるく体のどこかをくすぐられているような、口の中までぎしぎしするようなくすぐったさと嬉しさ、恥ずかしさも手伝って、誰もいないところでなら返事は出来るが、家の誰かがいるところでは、もう呼ばれたくないと、始末の付かない思いに悩んだものだった。

盆が過ぎて一家が帰ってしまうと、寝たきりの俊行の側へ行って一緒にごろんと横になりながら、公夫は「兄ちゃん」と小声で呼びかけてみた。自分が恭子に呼ばれてくすぐったかった感覚を忘れたくなく、帰ってしまった女の子の声音を真似して、返事が出来ない兄なら自分をからかいもしないだろうと考えての真似っこだった。

おれは男だっけ、お、なんてくっつけね。おなごばっかだ、お、なんて使うがんは。心の中で勝手な決まりを作って、兄ちゃん、兄ちゃんと俊行に呼びかけていた。

真夏の外は暑く、祖母の立子は木陰で何かしていた。親たちは炎天下の日中に畑へ出ることはなかっただろうから、多分、裏の小屋の辺りにでもいたのだろう。聞かれてはまずい大人たちの行動を頭の中で描きながら、公夫は厭くことなく「兄ちゃん、兄ちゃん」と、あの子のイントネーションを真似しながら呼び続け、兄のほっぺたを突いたり髪の毛の中へ手を入れて、ぐちゃぐちゃとかき回したりしながら、

「言うてみれ。俊は兄ちゃんなんでえ」

と呼びかけていた。絶対に俊行が言えないのを承知していながら。

俊行はいつも寝かされている薄っぺらな敷き布団の上で、どろんとした両目を天井に向けたまま、涎を垂らしながら、拳を握った両手を頭の両側に上げて、頭を振り振りにたにたと声のない笑みを浮かべていた。

その翌年の冬、俊行は長い風邪ひきの後肺炎に罹って死んだ。九歳だった。

あの頃はまだ家には電話が無くて、父の正明は電話がある区長さんの家へ駆けつけて、町の医者へ往診を頼んだが、自分も風邪気味だからそんな遠くまで行けないと断られた。

しかし、父親は粘って粘って頼み続けた。見かねた区長も口添えをしてくれ、根負けした医者は渋々承諾してくれた。だが、夜になって待ちに待った医者が来てくれた時は、既に俊行は虫の息だった。

医者が来てくれることになって、俊行は奥の寝間から布団ごと茶の間に運ばれ、台所と茶の間の二つの囲炉裏には薪がくべられ、吊り下がっている二つの鉄瓶からはしゅうしゅうと湯気が立っていた。余程のことでもなければ茶の間に電気が付くことも、囲炉裏に火が入ることもない、質素な暮らしが普通と思っていた公夫にとって、その夜の温もりは病人のためだとはわかっていたが、医者にしてみれば外套も脱げないほど冷え切った家だったのだろう。その頃はどこの家庭でも使い始めていた石油ストーブなど、祖母が許す訳のない家では精一杯の暖房だったのだ。

医者は家に入って来るなり立ったまま、

「寒気がするんで、このまんまで勘弁して貰うでの」

と言った。それが挨拶だった。公夫は忘れていなかった。父だけでなく祖父母たちまでそんなことはどうでもいいから、早く病人を診てほしいとの意向を込めて、大きく頷いているのを、公夫は母親の背中にくっついて見ていて、子供ながらにもなんとなく自分たち一家は見くびられているように思った。医者が横柄な態度を見せるのは、自分の家が村の中ではどっちかといえば貧乏家と言われるためなんだと。子供だったがそれは理解していた。

「あー、これは駄目だあ。手遅れだあ。残念だがのう」

医者は立ったまま腰を屈めて、俊行の間遠になりかけている息に耳を近づけただけで言い切った。

「そうは言いなさっても、折角来てくれなしたがんに、聴診器ぐれえ当ててやっておくんなせ」

お前様《め》がもうちっと早うに腰を上げてくってたら、何とかなってたんでねえかね。父親は腹の中でそう怒鳴りたいのを、必死で怺えていたはずだ。その思いを汲み取った祖母は穏便に、しかしきっぱりと手遅れと思われようが、折角来てくれられたんだが、聴診器を当ててやって欲しいと頼んだのだ。

医者が返事をしたかどうか、ここは公夫の記憶から抜けているが、承諾したのだろう、相変わらずふかふかした外套を着たまま帽子も取らずに、祖母の頼み通りに黒い往診鞄から聴診器を出した。公夫は、見るからに重そうなその丸みのある鞄を、医者どんの鞄として認識したのだった。

いま思えば、区長まで巻き込んで、風邪をひいている自分を無理矢理呼びつけておきながら、ぶすぶすと木ばかりをくべて、それでなくても喉がやられてるのに、いがらっぽいばかりで一向に暖まっていない、貧乏人の所へなんか来たくもなかっただろう。医者の態度はそんな無言の苦情と侮蔑を表していたのだろうと、今は思う。

公夫は、俊行の周りを囲むように祖父や祖母、父親たちから体一つほど下がったところで、おろおろと落ち着かなげにしている母篤子の肩に摑まりながら、その場の雰囲気で兄がもう死ぬんだと理解した。そして、父親の溜め込んでる悔しさも、祖母や祖父の手前、自分の子でも人が来た時は、前に出ることを遠慮している、母のやるせない気持ちも何となく汲み取っていた。

勝ち気な祖母は、この家は自分で持ってるとばかりに、人との応対は必ず自分がするものと決めているようだった。口数の少ない母親が涙をいっぱい溜めた目で、じいっと俊行の間隔を置いた弱々しい息づかいの様子を、食い入るように見ているのを、公夫は肩越しに認めた。母ちゃんが可哀想《かわえそ》げだ。そう思うと胸がぎゅっと痛くなった。

死ぬな！　死ぬな！

公夫は心の中で叫び続けた。

その時、医者が何か言った。祖母が、

「まっさか！　本当にほんきですかねっ！」

「ああ。残念だが……」

医者の言葉が、うっうっうっと呻くような母親の嗚咽でかき消えた。公夫も母親と一緒に泣いた。死んじゃ駄目だ。母ちゃんが泣《ね》えてるねっか！

「兄ちゃん！」

公夫は、呟くように俊行を呼ぶ自分の声にぎくっとした。自分でも思いがけない呼びかけだった。泣いた後の掠れ声だった。場違いな呼びかけに慌てた。思わず腰を屈めて母親の背中に隠れた。恥ずかしかったし、周りの大人達の反応が恐かったのだ。なぜ、そんな語り掛けをしたのか、彼自身腑に落ちなかった。だが、大人たちの誰一人、公夫の呟くような半べその声に、気付く者はいなかった。

目はすっかり冴えきってしまっていた。公夫は思い出すままに、往時のあれこれに浸った。

夕方、公夫が家に帰ると、玄関で祖母が男の人と喋っていた。上がり框に腰を下ろしていたその人は、公夫の知らない人だった。

公夫は二人を眺めながら玄関を素通りして、裏口から家に入った。

「どこん人《しょ》が来たん？」

と、台所にいた母親に聞いた。

「前《めえ》に役場に勤めてた人みてだなあ」

母親は首を傾げて自信なさそうに言った。

「何《なん》しに来たん」

「なんでおらが分かろうばや」

「ふーん」

公夫はふかし芋にかぶりつきながら、そろっと玄関の方へ行ってみた。

「お前《め》さんが水俣病に罹ってるげな人に、検査を受けなせて言うて歩いてるがんは、おらも聞いて知ってましたわね。それだんが何でおらうちなんかに来なさったんだか」

「だあすけ亡くなられた孫倅さんはもしかして、産まれる前《めえ》に母ちゃんの腹ん中にいる間にね、水銀中毒にやらってしもてたかもしんねすけ、臍の緒があれば検査が出来ってんだすけ、調べて貰いませんかねって勧めに来ましたんだ」

「なに言いなさっかと思えば。なんで親の腹ん中にいて、そんげながんにやられるわけがねえろがね。あん子は真冬の寒め頃に肺炎に罹ってしもて、手遅れで死んでしもたんですがね」

祖母はしきりと兄の病気のことを力説していた。何のことだろう。聞いて母ちゃんに聞かせてやろうと祖母の側へ行った。

「ほいね、さっきも説明したろがね。九州の熊本県に水俣という所があって、そこでは小児マヒとまるっきり変わらね、生まれつき水銀中毒に罹ってる子供が大勢《いっぺ》居っかんてね。大学の先生が調べてみたら、母親の腹ん中にいる間に、母親が食べ続けてた魚の毒にやらったんだとわがったげなんだね」

「それは余所んとこの話で、おらうちのあん子はそんげなんではねえんですてね。一緒くたにしてそこらで喋って歩かんでおくんなせ」

「はあ、どっこでも喋ってねすけね」

「そせばなんであん子が小児マヒだったと知りなさったんですね。どっかから聞きなさったすけ、来らしたんでねえんですかね」

祖母は、公夫の目から見ても男の人を負かしそうに見えた。とにかく家では祖母の右に出る者がいないほど弁が立つのだ。

「なんべんもおんなじ事を聞きなさんなてば。おら、よっぱら喋ったてばね」

「ばあちゃん、ほんね、これは大事《でえじ》な事なんですてね」

「おや、そうですかね。余所ん人にはそうだろうども、おらってには関係《かんけ》ねえてばね」

「そうだろか。もちっとよう考えてくんねかね。家《うち》ん人とも相談してさね」

「家の者《もん》だてや、みーんなおんなじに思うてますわね。それにあん子が死んでからはや三年も経つんだですてね」

「そうかね。それだんがたんだの一年も経たん思いだろうねえ」

「どうしようば寿命だと諦めてっわね。そんだろもなんでお前《め》さんそんげに粘るんですね、手前《てめえ》のことでもねえてがんに」

「ばあちゃん、おら家にも川魚でやらった親がいるんさね。お前さんも毎日《めえんち》のように新聞やテレビで、新潟水俣病のこと聞いてるろがね。阿賀野川の魚を食い続けてた人たちが、こう言っちゃなんだが、昭電が流し続けてた毒が混じった水で、その魚がやらってて、食うた人の体がマヒしたり、夜も寝らんねほど手足ががたがた震える人や、劇症で死んだ人もいるんだがね……」

「お前さんから教えて貰わんでも、それぐれえおらも知ってますわね。ここらん人《しょ》でも大概の人は知ってるわね。検査に行った人も何人も知ってますてね。お前さんが連れてってくった人もいるげだね。それだがなんでその人らとおら家の俊行をくっつけんだか。お前さんばっかだわね。正直いい気はしねてばね。あん子はそんげな病気ではねがったんだすけ。おらの言う事が信用ならねんだば、看取って呉《く》った医者どん所《とこ》へ聞きに行っておくんなせ」

祖母は、言葉にも態度にも見えない棘を振りかざして、目の前の男の人に対峙していた。しかし、その人は内心で、お前さんでは話が進まんてば、と呟いてはいたが、それはおくびにも出さないで、もう一押しといった様子で頭を下げた。

「頼むわね、ばあちゃん。俊行さんの父ちゃんか母ちゃんに会わせてくんねかね」

「若け者に会うたって、おらとおんなじに考《かんげ》えていますてばね」

その人の言葉は祖母の感情を逆撫でしたらしく、明らかに不満げな口調でそう言った。そのとばっちりを受けて、公夫はまるで猫でも追い払うように、しっ、しっと掌をひらひらさせて追い払われてしまった。

「あっち行ってれ。母ちゃんとこへ行ってれ」

追い払われて、公夫は台所へ行く振りをして祖母から見えない茶の間の隅へ隠れて、祖母が医者どんへ行って聞いてみれと言ったことに、その人がどう返事をするか聞いてみたかったが、その人が突然、親達に会いたいと言いだしたので、それを告げるために台所へ走った。

「あんのう、母ちゃん。あの人が父ちゃんと母ちゃんに会いてって言うてる」

夕飯のおかずに天ぷらを揚げていた母親は、公夫の言葉に、

「何でか。ばあちゃんでいいろうがなあ」

と不服げに言った。

「俊のこと聞いてた」

「俊のこと？　なんだってか」

「わからん。病気の事みてだ」

公夫はこそこそと走って母親に注進しに来たつもりだったが、公夫自身事の中身は摑んでいなかったから、受けた母親は、なに言うてっやらと取り合わなかった。

公夫はもっと情報が欲しかった。それでまた祖母に気付かれないように、抜き足でそろりと茶の間の隅へ行って、壁にへばり付いて盗み聞きをしようと引き返すと、男の人は既

に帰った後で、玄関には誰もいなかった。

家に人が来ていたのを、祖父も父親も知っていた。二人は、畑から戻って裏の井戸端で手足を洗っていて、その人が帰って行く後姿を見ていたのだ。

「先な《さつき》来てたんは、どこん人だ」

夕食の時、祖父が聞いた。公夫は一番知りたかったことを、祖父が聞こうとしていると知って、飯茶碗に顔を押し付けるようにして掻き込んでいたのをやめて、大人たちからよく嚙むようにと、いつも注意されているのを守る振りをしながら、耳をそばだてた。

「少し前《ちっとめえ》まで役場にいた川口て人だがの」

「そんげな人が何しに来たんだ」

祖父の口調には、如何にも解せないというニュアンスが込められていた。

「埒《らっち》くともねえこど言うてんだがの。聞く耳持たんてば」

「なんだてが」

また、祖父が聞き返したが、祖母はなぜか答えなかった。父も、祖父と同じようにそのわけは知りたかっただろうが、どっちも黙っていた。母親は公夫からあらかたは聞いていていたが、口は出さなかった。話はそれっきりになってしまい、公夫はがっかりした。

その話の続きは、二夫婦がそれぞれの寝間に入ってから、男達は聞かされたのではないかと、これは公夫が成人して、ようやく人並みに新潟の水俣病について関心を持つようになって、改めて、あの時の川口という男の働きを思い出し、はるか昔の祖母と彼との会話に思い至ったのだった。だが、それも時間が経つにつれて、いつの間にかすっかり忘れてしまっていた。

何故、祖母はあの時話さなかったのか。埒くともねえで括ってしまえるような話ではなかったはずだが祖母自身が寝耳に水の来襲を受け入れ難かったし、きっと腹の虫がおさまっていなかったのだろう。

そんなことがあってから幾日も経っていない日の午後、公夫は学校から戻って玄関先にランドセルをおっぽり出して、今日もふかし芋があるかと、台所へ駆け込もうとして足が止まった。

「なんべんもおんなじこと言わせせんなや。お前の一言がとんでもねえ禍《わんざわえ》を起ごさねとも限らねんだすげな」

「おら、特別何を言うたわけではねえろも」

「おらが帰《け》ってきだすけ、大事にならんかったろも、もし、誰もいねがったら、あの男に言いくるめらってだわや。気つけれや」

祖母はいつも以上にきつい口調で、ばしっと母親を押さえつけていた。

母ちゃんが怒らってる。公夫は自分が叱られたように悄気た。ばあちゃんはいっつも母ちゃんをやり込めてんだ。言い返せばいいんだ、母ちゃんも。

公夫は二人に隠れて、母親に加勢していた。

あの男って誰だ？　もしかして、前《めえ》に来てた川口って男だろうか。

「なに言わった？　俊のこどだろうが？」

「聞かったろも、おらにはわがらんし」

「生まれてくる前《めえ》から、腹ん中で水俣病になってたんでねえかと、言わんばっかのことだろが」

「おらの腹ん中に溜まってた毒を、あん子の体が引っ被ってくったすけ、おらも公夫も秀平も水俣病の気は出てねんだとね」

「それでお前は何て言うたんで」

「なんも言わね。初めて聞いたんだし、本当《ほんき》だろうかと思うて驚《たまげ》いてしもた。医者どんは脳がやらってる小児マヒだと言うたてがんに。どことかにそういう子が沢山《いっぺ》いるんだと。小児マヒとよう似てるげなんだわ」

「どっかてやどこだ？」

「わがらね。熊本の何とか聞いたことねえ所《とこ》だった」

「公夫や秀平が居んだすけ。めったやたらな話が広まれば、取り返《けえ》しが付がねなんだ。俊だけでねえんだすけな、お前の子は」

祖母が続けて言った。

「臍の緒なんて絶対《ぜってえ》渡すなや。あんげなんで病気が分がるわけがあろばや。十年の余も経ってひっからびてってがんに、なんで分かろうば」

祖母はしつこく言いつのった。口調に、母をないがしろにしている気持ちが出てると、公夫は自分が叱られているような悔しさを味わっていた。

言うだけ言ってしまうと、祖母は首に掛けていた手ぬぐいを頭にかぶり、側の柱に摑まってよっこらしょと立ち上がった。公夫には、痩せてちんこい祖母の体が、なぜ重く難儀そうなのか不思議だった。

祖母は手の届く辺りに杖が見当たらないのを確かめると、両手を両の膝に当てて、腰を曲げたまま裏口から出て行った。近くにいつも杖代わりに使っている、古い竹の棒が見つかったのか戻って来なかった。だが、公夫はすぐには台所へ入って行けなかった。すぐに出て行けば、やり込められていた母親の様子を、盗み見していたのがばれると思ったのだ。

　子供心にも、その川口という人が指摘したとおり、自分と秀平と母親だけがどこも悪くなく、祖父母と父親はまるで競争でもしているように、手先が痺れるだの、父親が夜中に急に足がこむら返《げ》って、痛《いっと》て目が覚めたっきり寝らんねかったと言うと、ああ、ほんね、あれはひっでえ痛《いって》んだ。おらも爺もしょっちゅうなってて唸っててっわや。おらは杖が離さんねなってしもたし、爺たって助けて貰わんば、歩かんね足になってしもても、それだんが攣《つ》って痛《やめる》いんだがのと、祖母が相槌を打っていたことがあった。大人たちが体のあちこちの支障を、嘆き節でも語るようにてんでに言い合うのは、公夫にとってはどうって事もない、日常茶飯事の会話のようなものだった。

　父親が、買い置きの湿布がまたなくなった、もちっと多めに買っておいてくれと、祖母に言っていたのは今朝だった。原を一つ越えた隣村の何でも屋へ、買いに行くのは母親の仕事だが、財布を握っているのは祖母だから、そのように多めに金を持たせてくれということなのだ。

そういうことの一つ一つが、昭電が長年垂れ流した水銀で、やられた魚を食い続けてきたためなのだから、医者へ行って検査をして貰った方がいいと言う連中がいる。熊本県の水俣という所に、水銀でやられた魚を長年食べ続けて病人が沢山出た。中には気が狂ったげになった人や、死んだ人もいるそうだ。阿賀野川の魚を食べて、体がおかしくなった人達と症状が同じなので、水俣病の上に新潟をつけて区別しているげだ。そんなふうにどこからか聞こえてきた話を、祖母は、村の年寄り婆たちが集う、念仏講で聞きかじっていた。どこどこの人は検査に行って、その後医者に勧められて大学病院へ精密検査をしてもらいに行ったらしい。

何遍も通わんばならんだてのう。

おやあ、そんげにしてまで金が欲してけえ。

欲たかりだの。おらってよか、よっぽど身上持ちだてがんに。

会えばそんな話が延々と続いた。立子もその仲間だった。

男たちは新聞やテレビのニュースで、新潟でも公式に発表があった後、認定された仲間同士が、昭電を相手取って裁判を起こした、その裁判にけりがついてしまうと、認定されなかった患者たちが会を作って二次の提訴を起こした、一連のそれらはざっとだが知ってはいたが、家の中で話題にすることはなかった。自分たちも川沿いに住む人間だが、自分たちの体の異変をそれと繋げて考えることに躊躇していた。

公夫の家では川船は持っていなかったが、祖母の実家も母の実家も舟で稼いでいる家だったし、公夫の叔父に当たる父親の弟は、一年中舟に乗っている家に婿養子に入っていたから、三軒の家から貰う魚の量は、同時に二軒から貰ったりすると食べきれなくて、そんな時は母や祖母は串に刺して焼き、天井から吊した巻藁《まきわら》に差して保存しておくのだった。親戚から貰った魚を多食したために、体のあちこちがおっかしげになった。人も薦めてくれたし、検査して貰うことにしたとは言えないと、二人は無言のうちに承知していた。

「まさかとは思うろものう」

正明のどうしたもんだろとの問いかけに、老父は一呼吸置くほどの間を空けて言った。

「年取れば体のあっちこっちが、おっかしげになっかんは仕方がねえろも、まあだ四十にもなんねえお前が、おらたち並におっかしげだというがんは気になんなあ」

老人はこのところ頓《とみ》に目がかすみ、足だけでなく、手の震えも激しくなっていて、今では鎌さえ使えない状態なのだが、正明は誘い出す。老人はリヤカーに乗せて来てもらうと、乾いた土の上に直に尻をおろして、まず一服つけながら、倅が長芋掘りをする様子を、ぼやけた目で眺めていた。

二畝だけの長芋掘りはかなりの力仕事なのだ。父親と一畝ずつ掘っていたのだが、一昨年から正明一人の仕事となった。

ようやく掘り終えると深い穴から出て、掘りたての長芋をまたぎながら、老父のそばまで来ると、隣りへ腰を下ろして一服つけ、そんなふうに切り出したのだった。

男たちはたまたま二人だけだったから話題にしたが、家でそれを出すことはなかった。老人には、倅の不安と得体の知れない危惧の気持ちはよく理解出来た。自分の体以上に気に掛けていた。


学校から戻った公夫が、祖母に言いつけられて、秀平を連れて裏のねぎ畑にいる親たちのところへ、人肌にさました番茶の入っているやかんを持って行くと、そこにあの川口という人がいた。

父は彼と並んで道端の草に尻を付いて話していて、母だけがネギの畝に高々と土をかけていた。公夫の目からは、祖母がいい加減にあしらっていた人と、父親が身を入れて聞き入っているのが腑に落ちなかった。

公夫は先に母の側へ行ってやかんをおくと、仕事の手を休めもせずに、

「父ちゃんの所《とげ》へ持ってけ」と言った後で、

「ちゃんと挨拶せえや」と小声で言い添えた。

公夫は渋々頷いたものの、彼が前に祖母の所へ来ていた時に、挨拶もせず立ち聞きしていたのに、今、急にあらたまって挨拶するなんてと、内心でとまどった。

公夫が再びやかんを持ち上げて腰を上げると、先に父のそばへ行っていた秀平が、両手に持ってきた湯飲みを父に差し出していた。

公夫が、父の前に立ってやかんをかしげようとすると、父が
「余所ん人が先だ」と言った。

公夫はばつが悪かったが、言われるままに少し向きを変えて、川口という人の方へやかんの口を向けた。

「ありがと。ちょうどのどが渇えてたんさ」

川口さんはそう言って、笑顔で公夫を見上げながら、父から渡された湯飲みを差し出した。公夫は背後の母の目を気にして、ちょこっと頭を下げた。頭というより顎を引いたと言った方が正確なほどかすかな動きだと、自分でも分かった。

「にいちゃんたちはいい子だなあ。父ちゃんたちが一生懸命働いてっすけ、のどが渇えてると思うて持って来てくってさ」

公夫のしたかどうかの挨拶など気にもせず、彼はにこにこと目も口も綻ばせて、二人を見ながら言った。公夫は内心でほっとしながら、先だっての祖母の言葉を思い出して、ばあちゃんが言うたみてに、おっかしげな人でねえんかも、父ちゃんと気が合うてるみてだしと思った。

父は、公夫が下に置いたやかんを取り上げて立て続けに飲んだ。川口さんが充分と手で合図をすると、父は公夫にやかんを差し出して、

「母ちゃんのとげへ持ってけ」と言った。

その日の夕食もあらかた終わろうとしていた時、父が飯台をはさんで向き合っている祖母に語りかけた。

「ばあちゃん、前《めえ》にお前んとごへ来たことがあった川口さんのこと覚《おべ》てっけ」

「ああ、覚てっわ。あの人がどうしたってか」

「今日、畑にいたおれんとこへ来てくれられて、俊行のこともいろいろとくわしゅう聞い

たんだろもの」

「また来たんか。おれが相手にしねもんだすげ、お前に当たる気になったんだろ。なんて人だか。あの病気の事《こん》だろが」

父は飯茶碗に注いだ白湯をごくごくと飲んでから、軽く頷いてまた言った。

「おらたちも検査してもろおうてば」

父の口から、思いもかけない言葉が出たことに、祖母の立子はどきっとしたのか、持っていた箸が止まったのが、脇にいた公夫の視野に入った。反射的に公夫は祖母でなく、向かいに座っている父の顔を見てしまった。祖母も父の顔を見たらしく、

「そんげにおっかね顔さしゃんなや。たまげたけ？」

と言った。祖母は答えなかった。きっと、きっつえ目つきで睨んでんだろうなとは思ったが、公夫は恐ろしくて祖母の方へ視線を向けられなかった。

父たちのいる畑へお茶のやかんを持っていった時、あの人が父と話しているのを見て、祖母では駄目だから父の所へ来たんだなとは思った。だが、父が祖母を説得する話をしたのには驚いた。そんなふうに転回しようとは、祖母の驚きが理解出来た。

父の言葉は、祖母だけでなく公夫も初めて聞くものだったし、自分があそこにいた時は、

父たちはそんな話はしていなかったから、自分と秀平が行く前にしていたに違いないと思った。いつもの黙《だん》り《ま》の父とは違う。公夫には驚きだった。

「のう、ばあちゃん。さっきもじいちゃんと話したんだが、おらたちも一度検査してもらおてば」

「なにや。何の検査だ」

「お前たちの手足がおっかしげになってるがんは、年寄りだすけってばっかではねえみてだし、第一このおれにしても、お前たちよりはましだろも普通ではねえさ。見て貰うた方がいいと思うがどうでえと、じいちゃんに言うたら、うん、そうだなと賛成してくった。三人して行って来うてば」

いつの間にか、家族で囲んでいた飯台の上はきれいに片づいて、父と祖父の前だけに湯飲みだけが残っていた。父たちが話している間に、母の篤子が手際よく片づけたのだが、公夫だけでなく、話に夢中になっていた父も祖母も気がつかなかったのではないかと、公夫は大人たちの顔色をちらと盗み見て思った。母がみんなの茶碗や皿を重ねて運ぶ音も、その後で飯台の上を拭いた母の手の動きにすら気付かなかったのか。

細長い飯台に向き合って父と祖父、祖父の隣りに祖母と公夫が並び、父と母の間に秀平が座るのだが、今はそこから母と秀平が欠けていた。

秀平はおかずが気に入らなくて、ぐずって祖母に叱られ、半べそをかきながら渋々食べていたが、それでも残してまた叱られた。きっと流しの向こうで、握り飯を作ってもらって食べてるんだろうと、大人たちの話に神経を尖らせながらも、公夫は、秀平に甘い母の大きな手で握った握り飯に、かぶりついている弟が少し羨ましかった。公夫も秀平と同じように、大根のすぐり菜と油揚げの炒め煮なんて好きではなかったが、我が儘は許されないこともわかっていたから、我慢して食べただけなのだ。

「今までそったら事《こど》、一言《ひとっこと》も言うたこどもねがったてがんに、急に宗旨替えだが」

祖母の投げ捨てるような、いかにも腹立たしげな言いように、公夫はちらっと父の顔色を窺って素早く目を伏せた。胸がどきどきした。父がどう答えるのか聞きたい気持ちと、今すぐ立ち上がって、この場から逃げ出したい気持ちが拮抗していた。

「あの人にいいように丸め込まって、いい笑れ者《もん》だこて」

「間違《まちご》たことしようとしてんでねえすけの。どうしようば笑えてえ者は笑《わろ》うてればいい。いちいち気にしててては何でも出来ねこての」

「おお、そうかや。だども、おら医者なんか行がんすけな」

祖母の言葉はそのままにして、父は話を兄の俊行に移した。

「川口さんが前《めえ》に俊のこどで来てくった時、お前は篤子に聞いてみるとも言わんかったねっけ。今日、おれと篤子が畑に居っとごへ来られて、改めていろいろと聞かしてもろたわの。俊の事もの。臍の緒さえあれば調べられるげだ。新潟には親の腹ん中で水俣病にやらった子はあんましいねで、熊本県では大勢《いっぺ》こといるんだての。そういう家に限って、母親とその下のきょうだいは水俣病にはなってねえげだ。おら家と同じだねっけ。篤子だって子供ん頃から、朝昼晩と食い続けてきてるんだが、どっこもおっかしげなとごはねえねっけ。公夫も秀平も今はなんともねえ。俊ばっか貧乏くじ引いてしもた。新聞やテレビで言うてるこどは、正直気にはなってたろもまっさかなあて思いてかったし。話を聞いてみっとそうでもねえげだで」

父は、祖母が何か言うのを待っていたのか、少し間を置いてからまた続けた。

「篤子は畝立てしながら聞いてたげで、川口さんが帰《け》っと、おれんとげへ来て、わなわなと唇を震わせて言うたがの。父ちゃん、頼むすげ俊のこど調べて貰《もろ》てくんなせ。臍の緒はタンスの引き出しに、ちゃんと片づけてあっすけ。俊がおらの腹ん中の毒をみーんな引っ被ってくったかもしんねって言わしたんろ？　言わった通りだとしたら……。おら、体ががたがた震えて立ってらんねがったがの。おらが俊を殺したとおんなじだねっけ。おら、そんげなこど思いもしねがった。……何としても川口さんの言うたように調べて貰《もろ》わんば、おら、俊に謝っても謝りたてらんね。そう言うた篤子は真っ青な顔してたわの。あれの気持ちを思えば、いい加減には出来ねと腹を決めたんだ」

母ちゃん、よう言うたなあ。飯台の前にいる大人たちは、息を止めているのではないかと思うほどの深い沈黙の中で、公夫は心の中で母親の決断に打たれていた。

やがて祖母が言った。

「二人して丸め込まってれや。あの人と一緒に医者どんの見立て違えだと言うて歩くんか。村中の笑れ者になってれや。おれがいっくら言うても、お前らがそうすってんだば、どうしょうば」

初めは小声でどうしょうもねえといった口調だったが、徐々に気を高ぶらせて言いつのった。

「おれが断ったてがんに、何度も何度も来て、なんで人の家の事《こど》にまで口を出すんだやら」

「調べてもろえ。きちんと証明してもろた方がいいわや。俊のためでもあっし、母ちゃんの気持ちになってみれば、そう願《ねご》うがんは普通だわや」

それまで黙って聞いていた祖父が、まだ続けそうだった祖母の言葉を遮って言った。いつもとは違ってしまった大人たちの力関係に、公夫は度肝を抜かれながらも、ここにはいない母も含めて、大人は大事な時にはきちんと自分の気持ちは言うんだと思った。初めて大人の本当の姿を目撃した感じだった。聞いている自分も、大人の仲間入りをしているような、少し背が伸びたような、高揚した気持ちを味わっていた。

しばらくの沈黙の後、祖父が言った。

「人の毒を引っ被ってくれるなんてがんは、人間の業ではねえわや。神か仏でもねえ限りならん事《こん》だ。あれはそんげな役目を貰うて来たんかなあ。たあんだ、にこにこと笑《わろ》うてるだけだったが」

祖父の言葉に、父は肩まで動かして大きく息を吐くと、両腕を前に組んだ。首ががくんと前に落ちた。泣えてんだな。公夫は息を殺したまま思った。

その後、祖母は何か言っただろうか。今、突然に、祖父の言葉が公夫の脳裏に甦って、普段はあまり喋らない祖父が、家では聞いたこともない神とか仏とかいう言葉を口にしたことに、改めて祖父を見直したことも想い出した。

「おれもお前も、いざという時は医者どんの世話にならんばなんねんだで。忘れらしゃんなっ」

祖母は、祖父にだめ押しのように言った。

ばあちゃんは強い《きっつえ》なあ。気まずい雰囲気の中で、公夫はうつむいたまま祖母の言葉に感嘆しながらも、父と祖父の言うのが本当のようにも思えるし、祖母の主張も理解できた。ますます大人たちの出す結論が待たれた。

「お前さんは調べて貰わんでもいいと、自分の気持ちを言えるんだが、俊は一言も喋らんねまんま死んだんだで。一杯の水が飲みてとも、母ちゃん抱いてくれとも、言わんねまんま死んでしもた。ほんね不憫でならんかった。代わってやれるもんだば、代わってやりてとはよう聞くろも、ほんね、おらも篤子も思うたで。口には出さんかったろもの。今でもそうだし、あん頃でもここらで小児麻痺に罹った子なんて、聞いたこともねがったんだが。おれがもう少し《ちっと》世間に目が向いてたら、もしかして生きてる間に調べてやれてたかもしんねねっけ。本気に母親の腹ん中で水俣病になってたんか、それとも医者の言うとおり、生まれつきの脳性小児麻痺だったんか。臍の緒から調べられんだと聞けば、親としてははっきりさせてやりてと思うがんが務めでねえけ。ばあちゃんは気にくわんかもしんねろも、決めたすけの。近えうちに川口さんとこへ頼みに行ぐすけの」

父の決断に、祖母は何も言わなかった。

父ちゃんが勝った！　と公夫は内心でほっとしながら、風呂の火を見ているらしい母親を思った。


そうだった、と公夫はすっかり冴えてしまっている頭で、昔の家の煤けて薄暗かった茶の間を、想い出しながら内心で呟いた。

父と祖父が川口さんの車で、新津の診療所へ藤原医師の診察を受けに行ってから、時々、家に人が集まるようになった。また、夕飯の後、父が着替えて出かけて行くようにもなった。それまでは村の組当番にでもならなければ、親戚でもない人たちが頻繁に家に来て、話し込んで行くことはなかったので、公夫にとってはちょっとした変化として記憶に残っていた。そこへ川口さんが加わることもあれば、二人三人の中にいないこともあった。

その人たちが来るのはいつも夜で、みんなが揃って来ることはほとんどなく、ぽつりぽつりと来るのだった。川口さんが来てるんだから、ああ、また、あれだなと、公夫は察したが、直接話の内容が聞き取れることはなかった。秘密の集まりでもなかったと思うが、声高に話す人もなく、言い争う人もいなかった。彼らは長居はしなかった。夜だったせいもあったろうし、皆、翌日の仕事に差し障りがあるようなことは極力避けていたせいだろう。なにせ、皆、半病人の体だったのだから。

　そんな集まりを祖母は気に入らなかったらしく、挨拶にも出て行かなかった。茶の間と続きの台所にも居ず、さっさと寝間へ引っ込んでしまうのだった。

　そんな祖母の態度を見ていて公夫は、人さえ来れば家の誰よりも先に出て行って仕切っていたのにと、どんなに祖母が彼らを毛嫌いしていたか、察しがつくのだった。

　兄の臍の緒の検査は長くかかった。父たちの申請が認められなかったとの通知が県から役場に届いた時、祖母がそれに触れて言った。

「沢山金《こったま》取らって、騙さってれや」

「あんのう、ばあちゃん。あん時おれ言うたろげ。俊の検査は新潟でねで、遠い九州の、専門に調べてっ所《とご》へ出すんだすけ、時間はかかるげだて」

「ああ、聞いた。それにしだった遅《おおせ》いわや」

　父はそれには応えなかった。公夫は大人たちの話を聞いていて、父ちゃんもじいちゃんも駄目だったんかあ。そせば俊だってや、どうだかわがらねなあ。もし、俊が医者どんの言うた通りだったとしたら、ばあちゃんの言うように損ぺするんだと、なにくわぬげに秀平と遊びながら思っていた。

待ちに待った俊行の臍の緒からの検査は、正月が済んでから届いた。九州から藤原医師宛に届いたその書面を、川口さんが預かってきて、公夫の知らない間に父に渡されていたようだった。

それからどれくらい日が経っていたか、公夫には定かではなかったのだが、矢張り夜、川口さんが家に来たことがあった。

「お前《め》さまが教えてくんなさんねがったら、おら、一生あん子に謝らんで居っとごでしたてばね。ほんね、有り難《がて》かったですてばね。やあっと、大荷物を下ろしたみてな気持ちになれましたてばね。お有り難うごぜえました」

公夫の目には母親の取った態度は、息をのむほどの驚きであった。普段は人が来ればちょこっと挨拶をするくらいで、どんなに顔を見知った相手にでも、祖母の前ではほとんど喋らなかった母が、長々と川口さんに礼だけでなく思いも述べたのだ。

茶の間との板戸を少し開けて、敷居の外で深々と頭を下げて、礼を述べた母のその姿を、息を呑む思いで公夫は眺めていた。ふーん、わがったんな。ああ言うてってことは、母ちゃんの体ん中の毒をみーんな取ってくったってことなんな。そんでも大荷物を下ろしたみてな気持ちってや……わがらね……。そんなふうに疑問に思ったことも、長い間忘れていた。

どういう脈絡で、いま出て来たんだ？　おれが忘れてたからか。夢にでも出て来んばならんかったのはなんでだ？

公夫は、あのどろんと焦点の定まらない眼《まなこ》を天井に向けたまま、ただただ笑いを浮かべるだけの俊行の顔にではなく、「兄ちゃん」と呟くように言った兄の声に向かって疑問を投げかけて、あたかも自分の夢を操作していたのが、彼であるかのような錯覚を持って、語りかけていたことに気づいた。

ここ数年前から、たびたび新潟水俣病がメディアで取り上げられるようになった。確か、この病気が公表されてから何十年とかの節目に当たるとか、聞いたように思うが確かではない。聞いた時はそれなりに心に落としていたはずだが、いつの間にか忘れていた。

阿賀野川流域の村で生まれ、家族の中に患者が出ていた家庭で育ったにもかかわらず、距離を置いて生活してきた。関わりたくなかったというのではなく、毎日の生活に追われているうちに、失念していたというのが本音だ。周りでもこの病気を話題にする者はいなかった。今もいない。

あの時、と公夫はまざまざと記憶を甦らせて、祖母の繰り言と嘆きに手を焼いて、父親が説得を続けていたことを想い出していた。

「おれに一言も断らんで裁判《せえばん》の仲間に入《へ》ってた。なーっでも知らんかった。埒くともねえ仲間に入って！　おらを騙してたんなっ」

祖母はしつこく言い続けた。そんな祖母に、そのころは殆ど床についていた祖父に託《かこつ》けて、父は声を潜めてぴしゃりと言い渡した。

「お前のその声で、爺の血圧が上がって、ぽっくりとなっと悪《われ》えすけ、やめらっしぇ」

それが効いたのか、祖母は言わなくなった。

公夫は中学生になっていた。家の中のぎくしゃくを、苛々しながら聞き流していたが、父の一計で口を閉じてしまった祖母の単純さに、吹き出したことも想い出した。

次々と想い出しながら、決して他人事ではなかったこの病気を、いつかテレビにでも出てきたら、その時はあいつらにきちんと話そう。反抗期まっただ中であろうと、伝えねばならんことは言わんば。お前たちの伯父さんに当たる男が、おばあちゃんの腹の中にいた時、栄養と一緒におばあちゃんの体に溜まってた、水俣病の原因となった有機水銀も、一緒に吸収してくれたおかげで、おれも秀平叔父さんもそしておばあちゃんも、水俣病から救われたんだ、と。

教えてくれて有り難うな。ああ、もう一眠りする時間はない。長々と付き合ったなあ。また、会おう、な。今度は寝入りばなに来いよ。

公夫は、まだ脳裏に鮮明に残っている、あの声に向かって、言った。

参考資料

板東克彦著『新潟水俣病の三十年　ある弁護士の回想』
新潟水俣病被害者の会・新潟水俣病共闘会議編『阿賀よ忘れるな』
斉藤恒著『新潟水俣病』
聞き書き・新潟水俣病『いっち　うんめえ　水らった』
新潟水俣病四十周年記念出版委員会『阿賀よ　伝えて』
朝日新聞、新潟日報　関連記事

初出誌一覧

白い水　「北方文学63号」二〇一〇年一月
律子の舟　「北方文学64号」二〇一〇年十月
決　意　「北方文学66号」二〇一一年十一月
川　風　「文芸驢馬60号」二〇一〇年十月
邂　逅　「文芸驢馬61号」「河口へ」を改題　二〇一一年五月
兄の声　未発表

あとがき

新潟水俣病という病気が、阿賀野川流域、殊に河口に近い地域に多発したことは知ってはいましたが、恥ずかしいことですが深く考えることもなく、どちらかと言えば距離を取って眺めていたし、いつの間にか忘れていたというのが正直なところでした。

ある時、石牟礼道子さんの『苦海浄土』を読んで強烈な衝撃を受け、そう言えば新潟にも……と、ようやく身近に引き寄せて考えられるようになりました。

図書館から借りた関連の本を読みながら、私なりにこの病気に冒された人たちの苦しみや、周囲の人たちがどのような反応を見せたのか、そのあたりを書いてみようと、ノートを取り始めました。図らずもそれと符丁を併せるように、市主催の「新潟水俣病市民講座」が開かれ、参加しました。平成二十年七月でした。第一回で旧昭和電工鹿瀬工場裏の高台にある排水口を見学したのですが、その排水口を見た時、こんな小さな口から流されたメチル水銀を含んだ水が、どれほどの量であったかは知りませんが、多くの人々の一生を狂わせてしまったのだと思って大きなショックを受けました。辺りは人通りも少なく、山々は緑に映え、何事もなかったかのように、事の重大さを包んだまま静謐そのものであったことも忘れることが出来ません。

その後で患者さんたちとの交流があったのですが、私にとって願ってもない企画でした。訥々と語る患者さん達の言葉から沢山のことを教えられました。

同じ川から捕った魚を食べて、同じ症状で苦しみ続け、一方では水俣病と認定され、一方では棄却された人たち。なぜ審査方法を変えなければならなかったのか。未だ疑問は尽きません。

そんな諸々の思いを込めて、私が作った人たちに悩んで貰い、苦しんで貰い、病気を受け入れて貰い、家族の一員としてどう病気と向き合えばいいのか、私なりに考えてみました。

書いているうちに、もう水俣病に関しては解決済みと考えている人たちがいることを知りました。また、以前の私のように、この問題をすっかり念頭から抜けさせている人もいることが分かりました。

この問題はまだ解決してはいません。新潟では第三次の裁判が継続中です。

この問題を対岸の火事と見ているだけでなく、被告となっている企業、国、県がどのような対処を示すのか、見守って行きたいと思っています。

石牟礼道子さんは水俣病を「緩慢なる毒殺」と厳しい言葉で表現しています（朝日新聞２０１１・６・18）。

人として、してはいけないことは、企業と雖も同様だと思います。

最後になりましたが、全作品に目を通して助言してくださった、環境と人間のふれあい館——新潟水俣病資料館——の館長塚田眞弘様と、胎児性水俣病の検査について、厚かましく教えを請うた私に、丁寧に教えてくださった沼垂診療所所長の関川智子先生に、この場を借りて厚くお礼申し上げます。

二〇一二年七月一日

著者略歴

新村苑子（しんむら　そのこ）

1937年５月９日　京都にて出生
1945年８月　神奈川県から新潟県に転入
1998年から「文芸驢馬」同人
2010年から「北方文学」同人
2013年　『律子の舟』で新潟出版文化賞選考委員特別賞受賞
2014年　『律子の舟』で日本自費出版文化賞小説部門賞受賞

著書に『瓢箪』（驢馬出版　2006年）
　　　『律子の舟』（玄文社　2012年）
　　　『葦辺の母子』（玄文社　2015年）

律子の舟　新潟水俣病短編小説集 Ⅰ

二〇一二年八月十五日　第一版発行
二〇一八年三月三十一日　第二版発行

著　者　新村苑子
発行者　柴野毅実
発行所　玄文社
〒九四五—〇〇七六
新潟県柏崎市小倉町一三—一四
☎〇二五七（二二）九二六一

印　刷　有限会社　めぐみ工房

ISBN 978-4-906645-21-3